LOVE
in
BOX

Emma

FLEURUS

Direction : Guillaume Pô
Direction éditoriale : Sarah Malherbe
Édition : Claire Renaud
Fabrication : Thierry Dubus, Axelle Hosten
Mise en pages : Pixellence

Site : www.fleuruseditions.com
ISBN : 9782215166238
Code MDS : FS66238

LOVE in BOX

Emma

Emmanuel Trédez

FLEURUS

1

– Des auditions sont prévues pour l'attribution des rôles de Roméo et de Juliette. Vous avez jusqu'au 14 septembre pour poser votre candidature.

Emma Doucet ne tient plus en place. Depuis que la prof de français leur a parlé du club théâtre et de la pièce qu'ils ont décidé de monter cette année, elle est dans tous ses états. *Roméo et Juliette.* Emma adore cette pièce. Elle l'a vue une fois au théâtre avec sa mère, et elle a regardé plusieurs fois le film de Baz Luhrmann, avec le beau et talentueux Leonardo DiCaprio dans le rôle de Roméo. À chaque fois, elle est émue aux larmes par le destin tragique du jeune couple.

Mme Bidault a demandé s'il y avait des élèves intéressés et Emma a été la première à lever la main. La prof a remis aux cinq filles qui s'étaient manifestées le formulaire d'inscription. Elle a bien insisté sur le fait qu'elle voulait des élèves motivés. Dilettantes s'abstenir !

Après une rentrée scolaire un peu maussade, ce rayon de soleil lui fait un bien fou !

Vers 18 heures, Emma regagne le petit quatre-pièces où elle habite avec sa mère, institutrice, et son frère, Tom. Elle laisse tomber son sac dans l'entrée et se précipite dans le salon.

– Maman, devine quoi ! Il y a un club théâtre au lycée, et cette année, ils montent *Roméo et Juliette.*

– Ta pièce préférée. Mais c'est fantastique !

– J'ai trop envie de m'inscrire !

– Tu as les tarifs ?

Emma tend le formulaire à sa mère qui, tout en le parcourant, lui dit :

– Tu sais, à ton âge, moi aussi, j'ai fait du théâtre. On avait monté *Le Songe d'une nuit d'été*, du même Shakespeare.

– Tu me l'as déjà dit cent fois !

– Ton père jouait Obéron, le roi des fées. Et moi, Titania, sa reine.

– Et c'est comme ça que vous êtes tombés amoureux !

– Oui, pardon, je radote…

Céline Doucet pense à Charles, son mari. Il y a déjà quatre ans qu'il est mort. Emporté par une rupture d'anévrisme. Elle n'a pas réussi à faire son deuil. Après avoir essuyé ses yeux humectés de larmes, elle poursuit :

– En tout cas, je suis sûre que le théâtre, ça va te plaire. Et puis, il n'y a rien de mieux pour vaincre sa timidité. Tu vas monter sur scène, jouer devant un public ; ça te fera sortir un peu de ta coquille !

Curieusement, les mots de sa mère, loin de conforter Emma dans son choix, instillent le doute dans son esprit, tel un poison. Machinalement, la jeune fille blonde remonte ses lunettes de première de la classe sur son nez long et droit, comme à chaque fois qu'elle est mal à l'aise, et détourne le regard.

Après coup, elle se rend compte que c'est sa passion de lectrice et de spectatrice qui lui a donné envie de tenter cette aventure théâtrale, mais qu'à aucun moment elle ne s'est vraiment projetée sur scène en tant que comédienne. Il ne s'agit pas de lire une pièce de théâtre confortablement allongée dans son lit ou d'assister à une représentation bien calée dans son fauteuil ; il s'agit de jouer devant des dizaines de spectateurs, de parler, de se mouvoir, de faire des gestes sous le regard du public ; il s'agit de se mettre en danger ! Qu'est-ce qui lui a pris de vouloir s'inscrire au club théâtre ?

Pourtant, le public, elle l'a souvent côtoyé lors des auditions au conservatoire, mais elle a beau avoir répété l'expérience à maintes reprises, ça lui fait toujours aussi peur. Il paraît que les grands professionnels, musiciens ou comédiens, ont aussi le trac avant d'entrer sur scène, mais ils arrivent à le maîtriser et s'en servent même pour donner le meilleur d'eux-mêmes. Elle n'en est pas là !

Quand elle joue du violoncelle en public, elle ne se sent pas aussi exposée que si elle devait jouer un rôle. Peut-être parce qu'elle est assise, les pieds plantés dans le sol, la caisse du violoncelle entre les jambes, le manche sur l'épaule ; que ses mains sont occupées, la main droite tenant l'archet, la gauche glissant sur les cordes ; que ses yeux sont rivés sur la partition. Et puis, quand elle se met à jouer, elle réussit à s'abstraire du public, elle est ailleurs. Dans sa musique… Elle ne pense plus aux dizaines d'yeux braqués sur elle ni aux dizaines d'oreilles qui l'écoutent avec attention…

Du théâtre, en revanche, elle n'en a jamais fait. Ou si peu. Elle se souvient d'une scène de *Knock* de Jules Romains qu'elle a jouée au collège. C'était en quatrième. Elle se revoit avec son amie Inès sur l'estrade minuscule de la classe de français. Elle joue le docteur, Inès fait le patient : il vient consulter parce que ça le gratouille. Ou que ça le chatouille... Elle se rappelle les rires des élèves lorsqu'elle est tombée de l'estrade et s'est retrouvée par terre. C'est important, pour un comédien qui interprète une scène comique, d'entendre les rires du public... à condition qu'il ne rie pas à ses dépens... C'est un souvenir douloureux.

À présent, Emma n'a plus très envie de faire du théâtre. La voilà qui cherche un prétexte pour se défiler.

– Ce n'est pas un peu cher, maman ?

– Les tarifs me paraissent très raisonnables, et puis on se serrera un peu plus la ceinture, le mois prochain. C'est pour une bonne cause...

– Et tu n'as pas peur que ça fasse trop ? Entre la musique et le théâtre, quand est-ce que je vais faire mes devoirs ? Je suis quand même en seconde !

C'est le monde à l'envers : sa mère et elle ont inversé leurs rôles habituels...

– Si toi, tu n'y arrives pas alors que tu es une excellente élève, je ne vois pas qui y arriverait !

Là-dessus, Tom les rejoint dans la cuisine.

– Tiens, Tom, aide-nous à éplucher les légumes.

– Pfff ! râle-t-il. J'ai bien fait de passer !

– Ta sœur va faire du théâtre, lui annonce sa mère. C'est chouette, non ?

– Toi, monter sur les planches ? Ça promet !

Tom a toujours été un peu taquin avec sa sœur, mais leurs relations sont devenues très orageuses depuis la rentrée. Emma préfère ne pas relever.

Après le dîner, tandis qu'Emma finit ses devoirs, sa mère frappe à la porte.

– Tiens, je t'ai fait le chèque pour le théâtre. Tu rempliras le bulletin d'inscription ?

Emma n'ose pas lui dire qu'elle a changé d'avis. Sa mère partie, elle s'allonge un instant sur son lit et pose sa tête sur le ventre de son gros chat noir. Charbon se met aussitôt à ronronner.

– Tu as de la chance, toi. Tu ne te prends pas la tête avec ce genre de questions !

Si elle connaît son rôle sur le bout des doigts, songe-t-elle, si elle est capable de s'oublier pour devenir son personnage et parvient à se transporter dans un autre lieu, à une autre époque, elle devrait réussir à s'abstraire du public comme elle le fait lorsqu'elle joue du violoncelle en concert.

La nuit porte conseil. Elle verra bien dans quelle disposition d'esprit elle sera au réveil...

2

Le lendemain, quand elle ouvre les yeux, Emma a pris sa décision : elle va s'inscrire au club théâtre. Elle a toujours aussi peur de monter sur scène, mais elle veut vraiment jouer cette pièce. Il faut savoir se mettre des coups de pied aux fesses, se dit-elle, sinon on ne fait jamais rien !

À la fin du cours de français, elle va trouver la prof pour lui remettre le bulletin d'inscription. Une fille de sa classe s'inscrit également ; une grande rousse qu'elle ne connaît que de vue : Océane Martin. Et elle la croise parfois au conservatoire.

– Toi aussi, tu t'es inscrite ? lui demande-t-elle dans le couloir. Tu crois qu'on va y arriver, entre le théâtre et la musique ?

Ce n'est pas que la question la taraude, c'est plutôt une façon d'engager la conversation.

– Il n'y a pas de raison qu'on ne s'en sorte pas ! Et puis, ça dépend du rôle qui nous sera attribué…

– Justement, quitte à jouer dans cette pièce, je voudrais interpréter le rôle de Juliette, mais j'hésite à postuler…

– Pourquoi ?

– Parce que tout le monde va vouloir le rôle !

– Pas moi, en tout cas. Un petit rôle m'ira bien, je n'ai jamais fait de théâtre !

Emma se sent soudain bien présomptueuse.

– Ben, moi non plus, mais j'aime tellement cette pièce, et ce personnage. Je n'aurai peut-être plus jamais l'occasion de jouer Juliette ! Tu crois que je ferais mieux de laisser tomber ?

– Si tu rêves d'interpréter ce rôle, tu dois vraiment tenter ta chance. Et si tu n'es pas retenue, tant pis, au moins, tu auras essayé !

Emma s'arrête dans le couloir.

– Tu as raison, Océane. Je vais dire à la prof que je veux passer l'audition.

Elle fait demi-tour et regagne la salle de classe pour informer Mme Bidault.

– C'est noté, Emma, lui dit la prof. L'audition aura lieu jeudi 17 septembre à l'heure du déjeuner. Ça vous laisse presque dix jours pour apprendre votre monologue. Tenez, c'est un passage de la scène 3 de l'acte IV.

Emma jette un œil au texte que la prof lui a remis. La scène se passe au moment où Juliette s'apprête à boire la fiole qui la fera passer pour morte aux yeux du monde. Juliette espère ainsi échapper au mariage que son père lui a imposé, mais elle craint le moment du réveil !

« Hélas ! hélas ! n'est-il pas probable que, réveillée avant l'heure, au milieu d'exhalaisons infectes et de gémissements pareils à ces cris de mandragores déracinées que des vivants ne peuvent entendre sans devenir fous… Oh ! si je m'éveille ainsi, est-ce que je ne perdrai pas la raison, environnée de toutes ces horreurs ? »

– J'adore. Merci madame !

Elle s'apprête à partir, mais elle a encore une question.

– Il y a beaucoup de candidates ?

– Pour l'instant, vous êtes trois.

Emma court rejoindre Océane qui l'a attendue.

– C'est fait ! lui dit-elle avec un grand sourire.

Deux jours plus tard, après les cours, Emma a rendez-vous dans un café avec Inès Pérignon, sa meilleure amie : elles se connaissent depuis la crèche, et jusqu'ici, elles ont fait toute leur scolarité ensemble. Inès poursuit ses études dans le privé. Emma, comme son frère, est restée dans le public.

Les deux copines n'ont pas encore eu le temps de se voir depuis le début de l'année scolaire. Inès est déjà installée devant un chocolat fumant. C'est une brune aux cheveux courts et frisés, toute menue. Elle est toujours de bonne humeur. Après avoir évoqué rapidement leurs rentrées respectives, s'être plaintes de leurs emplois du temps et de leurs profs, Inès demande à son amie :

– Alors, Emma ? De quoi voulais-tu me parler ?

– De théâtre ! Cette année, les élèves du club théâtre montent *Roméo et Juliette*, et j'ai décidé de passer l'audition pour le rôle de Juliette.

– Toutes mes félicitations ! Je suis super-contente pour toi !

– Attends, je n'ai pas encore le rôle…

– Non, mais telle que je te connais, tu vas tout faire pour l'avoir, pas vrai ?

– Ça, c'est sûr !

– Alors on croise les doigts…

Emma lui parle aussi d'Océane. Elle perçoit une pointe de jalousie chez Inès et modère son enthousiasme.

– J'aimerais bien que tu la rencontres, je suis sûre qu'elle te plaira !

Depuis leur inscription au club théâtre, Emma et Océane ne se quittent plus. Au lycée, mais aussi au conservatoire. Le mardi, elles assistent au même cours de solfège, et le mercredi, en fin d'après-midi, elles prennent leur cours d'instrument à peu près à la même heure (Océane joue du piano).

– On pourrait essayer de jouer ensemble, suggère Emma.

– Pourquoi pas ? Il faut voir…

Contrairement à Emma, Océane fait du piano uniquement parce que ses parents l'y obligent, sinon elle aurait arrêté depuis longtemps. Si au moins elle pouvait jouer autre chose que du classique !

– Je vais demander à ma prof de nous conseiller un morceau, propose Emma.

« Ça doit être chouette de faire de la musique entre copines, se dit-elle. Peut-être que ça motiverait Océane ? »

Le jour de l'audition arrive. Elle a lieu dans la salle qui sert aussi bien aux réunions de parents d'élèves qu'aux répétitions de la chorale et du club théâtre, et aux spectacles de fin d'année. Il y a une grande scène, et même un épais rideau rouge !

Océane accompagne Emma devant la porte. Sa copine a un trac fou. Elle tente de la rassurer.

– Tout va bien se passer !

Emma a travaillé dur, elle s'est donnée à fond. Si elle ne décroche pas le rôle, elle n'aura rien à se reprocher.

Un quart d'heure plus tard, quand Emma sort de la salle, elle est épuisée, mais soulagée.

– Alors ? lui demande Océane. Raconte !

– Je suis contente. Je crois que je n'ai jamais aussi bien joué mon monologue.

– Qu'est-ce que les profs t'ont dit ?

– Pas grand-chose, en fait, mais ils m'ont félicitée.

– C'est vachement encourageant !

– Ouais, reste à savoir si je serai meilleure que les autres.

3

Quelques jours plus tard a lieu la première réunion du club théâtre. Après avoir brièvement évoqué les aspects administratifs, les trois professeurs de lettres qui animent le club ont pris le temps de présenter *Roméo et Juliette* aux élèves et de justifier leur choix. À présent, ils leur font part de leurs attentes :

– Nous attendons de vous que vous soyez ponctuels, a commencé Mme Renard. Les retardataires font perdre un temps précieux à tout le monde. Deux heures et demie de répétition, contrairement à ce qu'on peut croire, ça passe très vite !

– Nous vous demandons aussi d'être assidus, enchaîne Mme Bidault. Que l'un de vous vienne à manquer, et la répétition en sera forcément perturbée, sinon chamboulée.

– Nous comptons sur vous pour vous investir pleinement lors de chaque séance, ajoute M. Machin. Vous devez ça à votre public !

– Ne jugez pas vos partenaires, ajoute Mme Renard. Soyez bienveillants les uns envers les autres.

– Soutenez-vous mutuellement, conclut Mme Bidault, soyez solidaires, et nous passerons ensemble une année inoubliable !

Le moment que les élèves attendent tous avec impatience est arrivé. Dans quelques secondes, les professeurs annonceront les noms de ceux qui ont été retenus pour interpréter les rôles de Roméo et de Juliette. Emma est nerveuse. Elle se triture les ongles.

Assise deux rangs devant elle, Ambre Delannoy, une élève de première, paraît au contraire très sereine. L'année passée, c'est elle qui a décroché le rôle d'Isabelle, l'institutrice dans *Intermezzo* de Jean Giraudoux. Tout semble lui réussir dans la vie. Elle a toujours été première de sa classe, et à ce qu'il paraît, elle a remporté un concours de nouvelles destiné aux lycéens. Il faut ajouter à cela qu'elle est très jolie et qu'elle a tous les garçons à ses pieds. Ou peu s'en faut.

Si Emma et Ambre nourrissent la même passion pour la lecture et le théâtre, et la même aversion pour le sport, la comparaison s'arrête là, on ne pourrait imaginer filles plus dissemblables. Ambre est une petite brune filiforme, fragile, toujours bien apprêtée quand Emma est blonde, assez grande et très nature. Quant à ses vêtements, c'est le cadet de ses soucis : elle s'habille avec les vêtements que sa cousine germaine ne met plus. Il en est de même pour la personnalité des deux filles : l'assurance – qui confine parfois à l'arrogance – d'Ambre contraste avec le manque de confiance criant d'Emma.

Clémence Baudouin, assise un peu plus loin sur la droite, est dans la classe d'Emma. Elle est adorable, mais elle a une voix de crécelle ; Emma ne la voit pas décrocher le rôle de Juliette. Elle se demande même quel rôle on pourrait bien lui attribuer. L'idéal, ce serait un rôle de figurant… Quant à la dernière candidate, une certaine Léa Quelque chose, elle est dans une autre seconde, et Emma ne la connaît pas.

Les trois professeurs montent sur l'estrade. Mme Bidault prend la parole :

– Après avoir auditionné vos camarades et échangé sur leurs prestations respectives, nous avons choisi les deux élèves qui interpréteront Roméo et Juliette lors du spectacle de fin d'année. Il nous a été très difficile de vous départager…

– Allez, vas-y, accouche ! chuchote un élève.

– Mais nous avons tranché et nous avons le plaisir de vous annoncer le nom des heureux élus : Erwan Le Fur et Emma Doucet. Veuillez nous rejoindre sur l'estrade, tous les deux.

Emma met du temps à se lever, ses jambes flageolent. Elle a les larmes aux yeux.

« Alors, ça y est, se dit-elle, je vais jouer Juliette ! »

Tandis qu'Emma et Erwan se dirigent vers l'estrade, des murmures se font entendre dans la salle. Apparemment, cette décision ne fait pas l'unanimité ; en tout cas, l'attribution du rôle de Juliette qui semblait promis à Ambre Delannoy... Emma saisit au passage quelques mots prononcés assez bas pour que les profs ne puissent pas les entendre, mais assez haut pour qu'ils parviennent à ses oreilles.

– C'est un gag ?

– Une Juliette avec un pif pareil, c'est impossible !

– Les profs ont dû se tromper de pièce et de balcon.

– Tu m'étonnes ! Dans *Cyrano*, elle aurait été parfaite. Elle aurait pu jouer sans accessoire !

Et autres gentillesses du même acabit.

Emma est écœurée. De la bienveillance, hein ?

Ce n'est pas la première fois que son nez lui joue des tours. Ce nez qui l'a toujours complexée, elle l'a hérité de son père, qui lui-même le tenait de sa mère. Et il semble prendre un centimètre par génération ! Ce grand repoussoir fait décidément son désespoir.

Bien qu'habituée aux moqueries à propos de son nez, à aucun moment Emma n'a imaginé qu'il pourrait être un problème pour le rôle, sinon elle ne se serait pas donné la peine de passer l'audition, elle n'est pas maso !

Les profs ont-ils hésité à lui attribuer le rôle à cause de son nez ? L'ont-ils au contraire choisie parce qu'elle a un visage disgracieux, pratiquant ainsi une forme de discrimination positive ? Elle ne le saura jamais. Et tant mieux, parce que dans tous les cas, ça la mettrait en rogne. Elle préfère rester sur l'idée que c'est son jeu d'actrice qui a fait la différence.

Tout de même, la réaction des élèves la déçoit. Certes quand Shakespeare a écrit la pièce, il devait avoir en tête une Juliette autrement plus jolie, mais pour autant, est-ce si choquant qu'une fille comme elle, avec un visage ingrat, incarne le personnage ? Est-ce inconcevable qu'une fille avec des lunettes puisse inspirer un coup de foudre à un garçon ? Emma s'interroge et a la faiblesse de croire que non. Cette histoire d'amour doit parler à tout le monde, et pas seulement à ceux qui ont été un peu plus gâtés par la nature ! Et s'il faut choisir entre une belle fille et une bonne comédienne, sans préjuger du talent d'Ambre Delannoy, le choix est vite fait, non ?

Emma jette un œil à Ambre. Son visage est déformé par la colère. Ce qu'elle peut être laide à cet instant ! Là, elles sont à égalité, se dit Emma. Sans doute Ambre trouve-t-elle cette décision injuste, scandaleuse, grotesque… Pierre, son petit copain, est fou de rage, lui aussi. Il en veut aux profs.

– Ils ont de la merde dans les yeux pour t'avoir préféré ce thon ou quoi !

Encore des paroles aimables…

– Ça ne se passera pas comme ça ! éructe Ambre. Ils vont voir, je vais leur envoyer mes parents !

Au premier rang, deux élèves de sa classe adressent à Emma un mot d'encouragement. Océane la prend dans ses bras. Ça lui fait du bien, elle n'est pas toute seule face à la foule hostile. Elle a la désagréable impression d'être une actrice qui a ravi l'Oscar à la favorite des pronostics. Faut-il qu'elle s'excuse d'avoir le rôle ?

Erwan Le Fur, son futur partenaire, est déjà sur l'estrade et lui sourit. Il lui tend la main au moment où elle monte les marches. Emma lui rend son sourire. Mme Bidault dit tout le bien qu'elle pense des deux comédiens.

– Vous pouvez les applaudir ! conclut-elle.

Elle a pris un risque en réclamant des applaudissements, mais le public obtempère. Mollement.

Le soir, quand Emma annonce la nouvelle à sa mère, celle-ci est très émue. Cette victoire est un peu la sienne : elle l'a fait répéter, inlassablement. Elle l'a conseillée, encouragée… Elle connaît le monologue par cœur ! Emma se garde bien de lui dire comment la décision du jury a été accueillie par la plupart des élèves.

Un peu plus tard, allongée sur son lit, le nez dans l'oreiller, Emma laisse couler ses larmes. Elle devrait se réjouir d'avoir décroché le rôle de Juliette, mais ces imbéciles, ces jaloux, ces méchants ont réussi à lui gâcher la fête !

Soudain, elle se lève d'un bond. Elle ouvre le tiroir de son bureau et en sort le beau carnet que sa mère lui a offert pendant les vacances, après la visite d'une papeterie artisanale. Emma n'a pas encore eu le temps de s'en servir, les pages sont immaculées. Il faut dire que l'objet a quelque chose d'intimidant : sa magnifique reliure, le grain de son papier... Elle aurait voulu y inscrire des pensées spirituelles, des phrases qui sonnent bien, des poèmes, mais jusque-là, rien ne lui est venu à l'esprit qui lui semble digne d'y être immortalisé. Et même si elle avait trouvé l'inspiration, elle aurait hésité à prendre la plume à cause de son écriture brouillonne et de cette tendance qu'elle a, dès qu'elle écrit, à émailler son texte de ratures – ces petites crottes d'encre que l'auteur sème derrière lui sans pouvoir les ramasser.

Emma laisse de côté ses prétentions littéraires et esthétiques, elle sait maintenant que son carnet va lui servir de journal intime. Un journal dans lequel elle va pouvoir s'épancher sans faire le tri dans ses pensées, sans chercher à faire de belles phrases.

Elle ouvre le carnet, laisse une page de garde, un voile pudique pour couvrir la nudité de ses pensées, et se met à écrire.

4

Mercredi 23 septembre

À qui d'autre que toi, journal, pourrais-je confier mes états d'âme ?

Pas à ma mère !

Si elle savait à quel point mon nez me pèse (pour un peu, ce lourd appendice ferait pencher ma tête vers l'avant), si elle découvrait les humiliations que je dois subir à cause de lui, elle aurait beaucoup de peine.

Pas à mon frère !

Il a ses problèmes et il est incapable de s'intéresser à autre chose qu'à son nombril.

Pas à Inès !

Elle me dirait que je surinterprète les réactions des élèves, que je grossis tout, à commencer par mon nez : « Tu as un beau nez, long, mais droit, tu n'as aucune raison de complexer ! »

Pas à Océane !

Sans le vouloir, avec son franc-parler, elle serait capable de m'enfoncer davantage…

Tu vois, il n'y a que toi, journal, qui puisse m'écouter.

J'espère que tu n'es pas trop dur de la feuille !

Aussi loin que je me souvienne, mon nez a toujours été un sujet de discussion et un objet de moqueries. Jamais il n'a laissé personne indifférent. Seules les comparaisons ont évolué.

À l'école primaire et au collège, on comparait mon nez à celui de Pinocchio. Comme j'étais une fille, on m'avait surnommée Pinocchia. Un jour, une élève m'avait accusée à sa place. C'était à propos du hamster de la classe. Il s'était échappé de sa cage et elle prétendait que j'avais laissé la porte ouverte. N'ayant rien à me reprocher, j'avais clamé mon innocence, mais devant la maîtresse, elle avait répondu que je mentais, et elle en voulait pour preuve que mon nez s'allongeait ! L'argument, heureusement, n'avait pas convaincu la maîtresse. Mon nez était long, certes, mais il ne grandissait pas !

Plus tard, on a commencé à me comparer à Cyrano de Bergerac. De Pinocchia, on est passé à Cyrana… Je connais le personnage de Cyrano depuis longtemps. Quand j'étais petite, ma marraine m'avait offert une adaptation pour enfants de la pièce de théâtre. J'ai encore l'album, et je l'adore ! Mais je me suis toujours demandé si ma marraine avait fait exprès de m'offrir ce livre, à moi, la fille au long nez, ou si c'était juste les illustrations qui lui avaient plu.

Quel personnage magnifique que Cyrano ! Malheureusement, ce n'est ni pour ma verve, ni pour mon courage, ni pour mon panache, qu'on me compare à lui ; c'est pour mon nez, mon blair, mon blase, mon pif, mon tarin… Quel que soit le nom de cette chose, elle me défigure !

Je ne suis peut-être pas aussi susceptible que Cyrano, ce « grand riposteur du tac au tac », mais quand même, dès que j'entends le mot « nez », je le prends pour moi : c'est forcément une moquerie, une insulte. Je me crispe, je suis sur la défensive. Sa tirade du nez, au premier acte, j'ai l'impression qu'Edmond Rostand l'a écrite pour moi. Et il ne se passe pas un jour sans que j'y pense. Il y a toujours une occasion de se rappeler l'un ou l'autre de ses vers. Que j'aperçoive un oiseau, et aussitôt, je me dis que mon nez ferait un excellent perchoir ; qu'il fasse soleil, et je m'inquiète de lui offrir un petit parasol ; que je saigne du nez, et c'est la mer Rouge que je vois... Enfin, il y a pire que d'être sans cesse renvoyée à cette tirade ; ces vers sont tellement jouissifs ! Pas étonnant qu'il s'agisse du passage le plus connu de la pièce, ce moment de bravoure qu'attendent les spectateurs.

Hélas, comme Cyrano, je n'ai jamais connu l'amour – je parle d'un amour réciproque, partagé. Dans les mauvais jours, je me dis que mon nez risque d'être un obstacle insurmontable à l'amour. Jamais un garçon ne s'est intéressé à moi, jamais un garçon ne m'a embrassée, et je ne vois pas pourquoi cela changerait dans les années à venir puisque je ne peux pas me débarrasser de mon nez, cet encombrant compagnon...

J'ai déjà pensé à mon épitaphe : « Emma aima sans être aimée ».

Mais je ne désespère pas d'en changer avant de mourir.

5

Emma s'installe dans l'entrée, devant l'ordinateur qu'elle partage avec sa mère, et consulte sa messagerie. En général, elle l'utilise peu. Pour communiquer avec ses copines, elle préfère le téléphone et les textos. Quant aux réseaux sociaux, elle ne veut pas en entendre parler : toute cette violence, cette méchanceté, cette bêtise qui s'y s'exposent… Quand ses copines ne peuvent plus s'en passer, « mamie » fait de la résistance. Qu'est-ce qu'elles peuvent la charrier !

Elle a reçu un mail du club théâtre avec la distribution complète des rôles et le planning des répétitions. Elle y jette un œil avant de lancer l'impression.

La troupe compte dix filles pour six garçons. Or dans la pièce, il y a beaucoup plus de rôles masculins que de rôles féminins. Plusieurs filles se voient donc attribuer un rôle d'homme : Ambre Delannoy jouera le rôle de frère Laurent, le prêtre qui va marier les jeunes gens ; Léa Imbert et Morgane Prigent, ceux de Mercutio et de Benvolio, les deux amis de Roméo ; et Leila Elfassi, Pâris, le prétendant de Juliette.

Océane, elle, interprétera le rôle de la nourrice. Emma est contente pour elle car c'est un beau rôle. Et surtout, elles se donneront la réplique dans plusieurs scènes ! Alice Prévost jouera Lady Capulet, Nolwenn Lebihan sera Lady Montaigu. Quant à Clémence Baudouin, la Juliette à la voix de crécelle, et Manon Leduc, elles tiendront plusieurs petits rôles : il y en a beaucoup dans la pièce !

Du côté des garçons, Kamel Naouri sera le prince Escalus ; Pierre Morvan, Capulet ; Nathan Lemaître, Montaigu ; Maxime Ferrand, Tybalt, le cousin de Juliette, celui par qui le malheur arrive ; enfin, Louis Médard interprétera le chœur qui intervient au début des deux premiers actes.

Tandis qu'elle s'apprête à se déconnecter, un mail, relégué dans les indésirables, attire son attention. Après un moment d'hésitation, elle décide d'ouvrir le message.

Salut,

Alors voilà, je me jette à l'eau !

Je te croise chaque matin devant le lycée et tu ne me vois pas. Mais moi, je te vois bien. Pire, je ne vois que toi !

J'aimerais bien qu'il se passe entre nous autre chose qu'un échange de regards. Et encore, ce n'est pas un échange de regards puisqu'il n'y a que moi qui te regarde.

Bref. Fais-moi signe, s'il te plaît.

Je t'embrasse.

Certaines filles auraient exulté en lisant ces quelques lignes. Comment ne pas être flattée de susciter ces sentiments chez quelqu'un, d'occuper toutes ses pensées ? Mais Emma a si peu confiance en elle qu'elle ne peut s'empêcher de trouver ça suspect. Le mail n'est pas signé et l'adresse ne donne aucun indice sur l'émetteur. Qui a bien pu lui envoyer ce message ? Et comment s'est-on procuré son adresse ? Elle ne la communique à personne, ou presque !

Emma sourit. Elle se met à imaginer que c'est Quentin Lemoigne, l'ami de son frère, qui lui envoie ce mail : le jeune homme est assis devant son ordinateur et lève les yeux au plafond, à la recherche de l'inspiration. Emma l'aime en secret depuis toujours. Pas d'un amour brûlant qui aurait, depuis le temps, consumé son cœur, mais d'un amour tranquille qui ne réclame rien en retour. Car elle sait cet amour impossible, tabou. Tout comme l'amour d'une Capulet et d'un Montaigu. Même s'il la trouvait à son goût, jamais Quentin n'oserait draguer la sœur de son meilleur ami !

Hélas, l'image se dissipe rapidement. Le jeune homme qu'elle aime de loin n'a jamais montré le moindre intérêt pour elle. Et puis, elle ne le voit pas écrire ce mail ; ça ne lui ressemble pas. Si une fille plaît à ce beau gosse, il le lui dira les yeux dans les yeux, avant de joindre le geste à la parole.

Emma se ressaisit. Elle ne peut pas passer sa vie à attendre un signe de Quentin. S'il la dédaigne, tant pis pour lui, d'autres garçons s'intéressent à elle : ce mail n'en est-il pas la preuve ? N'en déplaise aux imbéciles du club théâtre qui prétendent qu'elle est trop moche pour jouer le rôle de Juliette, elle est capable de faire battre le cœur de quelqu'un : un mystérieux inconnu se languit d'amour pour elle ! Quelqu'un qui ne la trouve pas si repoussante, malgré son nez ; quelqu'un qui, au-delà du physique, est sensible à sa beauté intérieure.

Elle relit le mail. Elle ferme les yeux, savoure l'instant. Qui croise-t-elle donc chaque matin devant le lycée, à part le concierge ? Elle n'a aucune idée de qui ça pourrait être… Certes, il y a les pions, mais ils sont trop vieux pour elle – et ça briserait son rêve.

Non, c'est forcément un lycéen. Mais quelqu'un qui n'est pas dans sa classe, sinon il n'aurait pas précisé qu'il la voyait devant le lycée. C'est difficile de se faire une idée de son admirateur puisqu'il se plaint qu'elle ne lui accorde aucune attention. Ça la met mal à l'aise, ce n'est pas son genre de snober les gens…

Comment « faire signe » à ce garçon si elle ne sait pas de qui il s'agit ? Elle n'a d'autre choix que de répondre à son mail… C'est sa seule chance d'en savoir plus sur lui et sur les sentiments qu'il a pour elle.

Soudain, elle a une illumination ! Et s'il faisait partie du club théâtre ? Cela expliquerait qu'il ait pu se procurer son adresse mail puisqu'elle figure dans la liste des destinataires du mail du club ! Reste à vérifier que son message a été envoyé après celui de la prof. Emma compare les dates et les heures des deux mails. Si c'est un des garçons du club, cela réduit les possibilités… D'autant qu'il faut déjà exclure les copains d'Ambre…

En consultant la liste des élèves, elle se dit que ça pourrait aussi être une fille. Rien ne permet de savoir si l'émetteur du mail est une fille ou un garçon. Mais ça ne serait vraiment pas de chance : elle ne se sent pas attirée par les filles.

Bientôt, le souvenir de la dernière réunion du club théâtre refait surface. Quel cauchemar ! se rappelle-t-elle. Et si ce mail, loin d'être une déclaration d'amour, était une mauvaise plaisanterie ? Rares sont les élèves qui l'ont soutenue, qui l'ont applaudie... Ils auraient même pu s'y mettre à plusieurs pour l'écrire. Et si on voulait lui faire croire qu'un garçon est amoureux d'elle pour mieux l'humilier plus tard ? Peut-on être aussi machiavélique ? Lui en veut-on à ce point-là d'avoir obtenu le rôle ?

Elle parcourt le mail une nouvelle fois. Se peut-il qu'il ait un double sens ? « Moi, je te vois bien. Pire, je ne vois que toi ! » Forcément, on ne peut pas la rater. Avec son pif ! On ne voit qu'elle parce qu'elle a un nez immense. C'est ce qu'on lui renvoie depuis toujours. C'est ce que les élèves finiraient par lui lâcher si d'aventure elle mordait à l'hameçon.

Emma ne doit pas répondre au mail. Si elle répond, elle a toutes les chances d'être ridiculisée. D'ailleurs, est-ce un hasard si ce message se trouve dans les indésirables ? D'un autre côté, si elle ne répond pas et qu'elle supprime le message, ne risque-t-elle pas de passer à côté de cette relation amoureuse qu'elle recherche désespérément ?

Comme elle n'arrive pas à sortir de ce dilemme, elle décide de consulter Inès et Océane. Elle prend une photo du mail sur son Smartphone – une antiquité ! – et la leur envoie, avec ce commentaire : « Vous feriez quoi à ma place ? »

6

Océane est la première à lui téléphoner, dix minutes plus tard.

– Si j'étais toi, j'oublierais. C'est sûrement une mauvaise blague…

– Pourquoi tu dis ça ?

– Ben…

Cette interjection laisse Emma perplexe.

« Ça y est, elle aussi, elle doit croire qu'on ne peut pas tomber amoureux de moi… » se dit-elle. Ça la rend un peu triste.

– C'est déjà arrivé à une copine, dans mon ancien collège. Une fille chouette, mais qui n'a pas un physique facile…

« Mon portrait craché, ça ! » songe encore Emma.

– Un jour, un garçon de sa classe lui a donné un rendez-vous. Il prétendait qu'il avait un truc important à lui dire. Sur place, il lui a avoué qu'il voulait sortir avec elle.

– Et alors ?

– Elle s'est d'abord méfiée, mais le mec a insisté : « Tu as vraiment quelque chose de spécial. » Je ne sais pas comment il a fait, il a réussi à la convaincre de sa sincérité et alors elle a cédé. Mais au moment où leurs visages se sont approchés et où elle a entrouvert la bouche, il a eu un mouvement de recul, comme si soudain, elle lui répugnait : « Tu ne crois tout de même pas que je vais sortir avec un laideron comme toi ! »

– Oh, la pauvre !

– Attends, ce n'est pas tout ! Cachés un peu plus loin, ses copains et ses copines avaient assisté à la scène. Ils étaient morts de rire. Une fille a même ajouté : « Tu ne t'es jamais regardée dans la glace ? »

– C'est vraiment dégueulasse ! Comment ont-ils pu faire ça ?

– Il y en a bien qui balancent des chats du cinquième étage pour voir s'ils retombent sur leurs pattes !

Emma a un autre appel. C'est sans doute Inès qui vient de dégainer son téléphone. Elle la rappellera juste après.

– Je comprends... Donc tu crois que le mec se fiche de moi ?

– Ouais. Bien sûr, on n'est jamais sûr de rien, mais personnellement, je ne courrais pas le risque. Comme dit ma mère, ce serait tendre le bâton pour te faire battre.

– Le mec se jette à l'eau, mais il espère me noyer...

– C'est un peu ça...

– Bon, je te laisse, Inès a essayé de me joindre. Merci pour tes conseils, Océane !

Au moins, la réaction d'Océane n'a rien à voir avec son physique. Si Emma avait un nez plus court, Océane aurait eu les mêmes réserves. Sa copine est si méfiante – et si exigeante – que jusqu'ici elle a toujours refusé les avances des garçons qui ont osé l'aborder. C'est Mme Râteau !

Emma consulte son répondeur. Inès a laissé un court message :

« Salut Emma, c'est génial, ce qui t'arrive. Rappelle-moi vite ! »

Après la douche froide qu'elle vient de prendre, les mots de son amie lui apportent un réconfort inespéré. Dans un sens, elle n'est pas très étonnée de sa réaction. Inès est tout le contraire d'Océane: elle a tendance à voir la vie en rose quand Océane voit tout en noir. Emma a hâte d'avoir son opinion.

– Alors, qu'est-ce que tu penses du mail?

– Que du bien! L'amour que tu inspires à ce garçon n'est que mérité.

– Tu sais, je croyais que ça ne m'arriverait jamais!

– Pourquoi tu dis ça?

– Jamais un garçon n'est tombé amoureux de moi.

– Qu'est-ce que tu en sais? Si ça se trouve, il y a des mecs qui n'ont pas eu le courage de te dévoiler leurs sentiments... Ce n'est pas toujours facile de faire le premier pas. D'ailleurs, tu sais bien que si je n'avais pas pris l'initiative, Julien et moi, on ne serait jamais sortis ensemble! Le garçon qui t'a envoyé ce mail est sans doute timide, mais il a fait un pas dans ta direction. À toi de voir si tu l'encourages à aller plus loin...

– Tu crois qu'il est sincère?

– Pourquoi pas?

– À cause de mon nez!

– Mais arrête, avec ton nez! soupire Inès. Ton nez est peut-être plus long que la moyenne, mais il n'est pas moche.

Ce n'est pas ça qui empêcherait un garçon de t'aimer. Et puis, il n'y a pas que le physique ! Tu es bourrée de talent ! Moi, je t'envie de jouer du violoncelle et de faire du théâtre. Ce n'est pas donné à tout le monde !

– Mouais, ce n'est pas trop dans l'air du temps…

– Bon, j'abandonne !

– Tu ne te rends pas compte de ce que je vis au quotidien, Inès.

Emma évoque la réaction des élèves du cours de théâtre lorsqu'elle a décroché le rôle de Juliette.

– Qu'est-ce qu'elle dit du mail, Océane ?

– Elle croit à un canular.

– Forcément, elle voit le mal partout !

– Tu crois que je devrais répondre au mail ?

– Bien sûr ! Il ne faut pas laisser passer l'occasion !

– Des fois qu'il ne s'en présente plus des masses par la suite…

– Je t'assure qu'il y en aura d'autres, mais en attendant, pense à ce garçon qui est amoureux de toi. Ce serait cruel de ne lui laisser aucun espoir.

Peu à peu, Emma laisse ses pensées divaguer. Finalement, elle se trouve dans une situation très comparable à celle de l'auteur du mail : lorsque Quentin passe à l'appartement avec Tom, il ne la voit pas, elle fait partie des meubles, elle est un de ces objets sur lesquels il pose les yeux si souvent qu'il finit par ne plus les voir. Elle aussi adorerait qu'il y ait entre eux « autre chose qu'un échange de regards », mais il ne faut pas rêver… Ou plutôt si. Il faut rêver. Ses rêves, au moins, personne ne peut les lui enlever.

7

Jeudi 24 septembre

Si on voit parfois l'élu de son cœur avec les « yeux de l'amour », exagérant ses qualités et minimisant ses défauts, Inès me voit sûrement avec les « yeux de l'amitié ». Et elle doit être bien myope pour ne pas voir que j'ai un grand nez ! Ou alors, c'est qu'elle n'ose pas me dire la vérité. De peur de me conforter dans mes croyances…

Ce qui m'agace et me blesse, c'est qu'elle semble nier le harcèlement dont je suis victime. Quand j'évoque les regards moqueurs qui se posent sans cesse sur mon nez, les paroles désobligeantes ou humiliantes qui me sont adressées, elle ne veut pas en entendre parler. Pourtant, elle était avec moi, à l'école et au collège, quand on m'appelait Pinocchia ou Cyrana !

Quant à Océane, c'est tout l'inverse d'Inès : sa franchise est parfois désarmante. Il ne faut pas compter sur elle pour me remonter le moral !

Mais tout ça, je le savais déjà.

Avec ces deux avis contraires, c'est difficile de prendre une décision. Vais-je plutôt me laisser influencer par l'optimisme d'Inès ou par le pessimisme d'Océane ?

Pour trancher, j'ai décidé d'en parler à mon frère. S'il est dans un bon jour, il pourra sûrement m'aider à y voir clair…

8

Emma referme son journal et frappe à la porte de la chambre de Tom.

– Qu'est-ce que tu veux ? demande-t-il.

– Te parler.

– De quoi ?

– J'ai un conseil à te demander…

– Bon, vas-y, entre.

« Chaleureux, l'accueil ! se dit Emma. Est-ce le bon moment pour lui parler du mail ? La réponse est oui : pour une fois qu'il ne joue pas à ses jeux vidéo, il faut en profiter ! »

Tom est allongé sur son lit, les bras croisés derrière la tête. Emma reste un moment debout, près du lit, sans rien dire. Cela fait si longtemps qu'ils n'ont pas discuté ensemble qu'elle est un peu intimidée au moment d'aborder ce sujet intime. En dehors des repas, ils ne se voient jamais, ils ne se parlent jamais. Sauf pour savoir qui doit débarrasser le lave-vaisselle ou mettre le couvert.

– Bon alors, tu te décides ? s'impatiente Tom.

– C'est à propos d'un mail que j'ai reçu, je voulais avoir ton avis.

– Mon avis ? C'est la meilleure ! Depuis quand tu me demandes mon avis ?

Tom n'a pas l'air bien luné. La discussion s'annonce difficile…

– Je dois prendre une décision et je ne voudrais pas faire de bêtise.

Elle lui tend le mail qu'elle a imprimé. Tom le parcourt rapidement puis lui rend la feuille.

– Qu'est-ce que tu veux que je te dise ?

– Je ne sais pas. Ce que ça t'inspire.

– Tu veux une réponse sincère ?

– J'aimerais autant.

– D'accord. Pour moi, il s'agit d'une blague. Le mieux, c'est de ne pas en tenir compte.

– Qu'est-ce qui te fait dire ça ?

– Premièrement, personne n'enverrait une déclaration d'amour par mail. Pourquoi pas un poème, tant qu'on y est !

– Ben oui, pourquoi pas ?

– Parce que c'est complètement ridicule.

– Moi, je ne trouve pas.

– Forcément, toi, tu es une intello !

Après un silence, il reprend :

– En plus, le mail est anonyme.

– Justement, ça ajoute du piment à la déclaration. Je peux laisser libre cours à mon imagination.

– Tu risques surtout de tomber de haut en découvrant l'identité du mec ! En admettant qu'il soit sincère, pour moi, s'il préfère t'écrire, c'est qu'il est très moche, limite repoussant, ou qu'il est très timide. Dans les deux cas, c'est pas un cadeau !

– Je connais des tas des gens formidables qui sont un peu coincés…

– Tu voulais mon avis, non ? Maintenant, t'en fais ce que tu veux…

Emma prend sur elle. Tom a raison, c'est elle qui l'a sollicité ; elle doit être capable de l'écouter sans remettre en question chacun de ses propos.

– Je te remercie, dit-elle. Il y avait un deuxièmement, je crois...

– Ah oui, c'est vrai. Deuxièmement, je ne vois pas comment un mec normal aurait envie de sortir avec une meuf dans ton genre.

– C'est quoi, mon genre ?

– Le genre qui a une corne à la place du nez !

– Hein ! Ah, ben merci ! Je ne regrette pas d'être venue !

Tom est un peu mal à l'aise. Ses mots ont dépassé sa pensée...

– Pardon ! C'est sorti tout seul.

– Puisque c'est comme ça, non seulement je vais répondre au mail, mais je vais te prouver que je peux plaire aux garçons malgré ma « corne » ! Et je vais te dire une chose, je préfère avoir un grand nez qu'un petit cerveau ! Et ton cerveau est tout petit, sinon tu n'aurais pas redoublé ta troisième. Et je ne parle pas de ton cœur minuscule !

Là-dessus, elle quitte la chambre de son frère en claquant la porte.

À peine a-t-elle regagné ses quartiers qu'elle regrette ses paroles. Comme Tom, elle n'a pas réussi à se maîtriser : l'allusion au redoublement, c'était vraiment un coup bas ; elle n'a pas de quoi être fière !

9

Jeudi 24 septembre

Qu'est-ce qui m'a pris de me confier à mon frère ? C'était sûr qu'il réagirait comme ça. Il ne perd jamais une occasion de m'humilier.

Il a toujours des mots vaches.

Aussi blessants que des haches.

Après les élèves du club théâtre qui s'indignent qu'on m'ait donné le rôle de Juliette, voilà que Tom est convaincu que personne ne tombera jamais amoureux de moi. À cause de ma « corne ». Quel salaud !

EMMA

Rien ne va plus depuis que je l'ai surpris, l'année dernière, en train d'embrasser un garçon. La porte de sa chambre était entrouverte et j'ai tout vu !

Est-ce qu'il sait que je sais ? Nous n'en avons jamais parlé, mais j'ai l'impression qu'il m'en veut. Depuis la rentrée, nous ne nous parlons plus. Ce n'est tout de même pas ma faute si ce jour-là il a laissé sa porte ouverte…

10

Vendredi 25 septembre

Pour être tout à fait honnête, si je suis allée trouver mon frère à propos du mail, ce n'est pas pour lui demander son avis. Enfin, pas seulement. Je voulais aussi qu'il sache qu'un garçon était amoureux de moi, et donc que je n'étais pas aussi moche qu'il voulait bien le dire.

Visiblement, je ne l'ai pas convaincu. Et je ne m'attendais pas à ce qu'il croie, comme Océane, que ce mail est une blague…

Contrairement à ce que je lui ai dit, ce n'est pas pour lui clouer le bec que je vais répondre au mail, mais parce que l'amour est peut-être au rendez-vous. Inès a raison, je ne dois pas laisser passer cette chance !

11

Emma passe une bonne heure à réfléchir à sa réponse. Après avoir transformé quelques brouillons en boules de papier, elle s'arrête sur le texte suivant :

Si je ne te vois pas, n'est-ce pas parce que tu me regardes de trop loin ? Ou bien parce que tu feins si bien l'indifférence que les regards neutres que tu me lances n'accrochent pas le mien ?

Dis-moi qui je dois regarder et je te promets de te rendre tes regards.

À bientôt !

Satisfaite, elle envoie une photo de son texte manuscrit à ses copines. Leurs réactions ne se font pas attendre. Cette fois, c'est Inès qui est la plus rapide. Elle répond d'un laconique : « Parfait ! » Quant à Océane, elle ne cache pas sa désapprobation : « Tu es tombée sur la tête ! »

Emma ne tient pas compte de la remarque d'Océane et tape sa réponse. Elle la relit attentivement pour ne pas y laisser de fautes – elle déteste ça ! –, puis clique sur « Envoyer ».

Elle n'a guère le temps de se réjouir ou de s'angoisser : presque aussitôt, elle reçoit un message d'erreur. Elle n'a pas pu se tromper d'adresse puisqu'elle s'est contentée de répondre au mail, mais visiblement, son message n'a pas été remis à son destinataire. Elle répète plusieurs fois l'opération, en vain. Elle est dégoûtée !

Apprenant la nouvelle, ses copines réagissent différemment, chacune dans son style. Elle aurait pu deviner ce qu'elles allaient lui écrire.

Inès : « Ma pauvre. Je suis désolée pour toi. »

Océane : « Tu vois, je te l'avais bien dit ! »

Emma accuse le coup. Manifestement, ce message d'erreur donne raison à Océane : le garçon transi d'amour qu'elle imaginait derrière cette déclaration n'existe pas et ce mail n'est qu'une mauvaise plaisanterie.

– Au moins, lui fait valoir Inès, tu n'as pas eu le temps de te faire un film…

C'est vrai, dans son malheur, elle peut s'estimer heureuse que la supercherie ait été découverte aussi vite. Elle ne souffrira pas trop. Elle doit ravaler sa déception et passer à autre chose.

Pour oublier ses misères, elle décide de remettre le nez dans *Roméo et Juliette.* Elle a tout de même un rôle à apprendre, et les répétitions commencent la semaine prochaine. Hélas, elle a beau se plonger dans la lecture de la pièce, elle a un mal fou à se concentrer sur le texte. Elle pense à son histoire d'amour avortée. Il y a les histoires d'amour qui finissent mal… et celles qui ne commencent jamais.

12

Le lundi suivant a lieu la toute première répétition du club théâtre. Les élèves, qui arrivent au compte-gouttes, laissent leurs sacs dans la salle et rejoignent les profs sur la scène.

– On prend nos livres ? demande Alice.

– Pas pour l'instant, répond Mme Bidault. Nous allons commencer par nous échauffer.

– Comme avant un sprint, madame ? glousse Maxime.

C'est la première fois qu'Emma monte sur une scène. Lors des auditions et des concerts où elle a joué, la scène était de plain-pied. Là, elle surplombe la salle, son regard porte jusqu'aux derniers rangs. « Devant un public, ça doit être drôlement impressionnant », se dit Emma. Elle en frissonne à l'avance.

Sur la scène, les premières – les « anciens » du club théâtre – et les secondes ne se mélangent surtout pas. Pas plus que les garçons et les filles au sein des deux groupes. Emma se tient debout les bras croisés, en attendant de savoir à quelle sauce ils vont être mangés. Mme Renard prend enfin la parole.

– Bon, je crois que tout le monde est là, on va pouvoir commencer. Tout d'abord, je vais vous demander de vous disperser sur la scène. Je ne veux plus voir ce troupeau d'élèves ! Que chacun trouve la place qui lui convient.

Les élèves obtempèrent et s'écartent les uns des autres.

– Bien. Maintenant, je voudrais vous dire un mot sur la posture du comédien. C'est important de se tenir droit, pour libérer l'appareil phonatoire. Quand on parle, il faut que la colonne d'air soit bien alignée. Regardez-moi.

La prof adopte, étape par étape, la posture qu'elle veut faire prendre à ses élèves, en partant des pieds et en remontant jusqu'à la tête.

– Mes pieds sont bien plantés dans le sol, écartés à peu près de la largeur du bassin ; mes genoux sont déverrouillés, légèrement fléchis, cela évite les tensions ; mon thorax est ouvert, mes épaules sont descendues ; ma tête est droite, comme si elle était tirée vers le haut par un fil tenu par un marionnettiste.

– Et les mains, qu'est-ce qu'on en fait ? demande Océane.

– Très bonne question, mademoiselle Martin. On ne les joint certainement pas devant son pubis, comme le fait Kamel. Regardez votre camarade, on dirait un joueur de foot qui se tient dans un mur, avant un coup franc !

Les élèves éclatent de rire.

– Ni comme Louis, qui a les mains derrière le dos. On a l'impression qu'on lui a passé les menottes ! Ni comme Emma, qui a les bras croisés, comme si on lui avait enfilé une camisole de force. Ou comme Pierre, qui a les mains dans les poches. Les mains, vous les gardez devant, bien ouvertes.

L'un après l'autre, les élèves rectifient comme ils peuvent la position de leurs mains.

– Avant qu'il y en ait un qui me fasse la remarque, reprend la prof, bien sûr, quand vous jouerez, vous adopterez d'autres postures en fonction de votre personnage et de la situation dans laquelle il se trouve. Ce que je décris, c'est une sorte de position neutre.

Quelques minutes plus tard, M. Machin enchaîne avec des exercices de diction. Les apprentis comédiens commencent par réciter une sorte d'alphabet phonétique.

– Répétez après moi, dit le prof. Ba, be, bi, bo, bu.

– Ba, be, bi, bo, bu, répondent en chœur les élèves.

– Da, de, di, do, du, poursuit-il.

Et ainsi de suite.

– Parfait, conclut M. Machin à la fin de l'alphabet. À présent, nous allons passer à quelque chose de plus ludique. Vous connaissez les virelangues ?

– Ce ne sont pas ces phrases rigolotes qu'il faut prononcer à toute vitesse ? demande Léa. Comme « Les chaussettes de l'archiduchesse sont-elles sèches, archisèches ? »

Tout le monde éclate de rire car en prononçant ces mots, sa langue a fourché à plusieurs reprises !

– C'est exactement ça, mademoiselle Imbert ! Ce sont des petits jeux d'articulation, et il faut beaucoup s'entraîner pour ne plus buter sur telle ou telle syllabe. Vous en connaissez d'autres ?

Les élèves hésitent à répondre de peur de devenir la risée de leurs camarades. Erwan finit par se lancer prudemment. Un mot après l'autre :

– « Un chasseur sachant chasser… »

– Eh, plus vite que ça, monsieur Le Fur, sinon ça n'a pas d'intérêt. Allons, reprenez !

– « Un chasseur sachant chasser… sait sacher… chasser… chans… sans son chien ». Pfff, c'est trop dur, monsieur !

– J'en connais un autre, s'exclame Nolwenn : « Didon dîna, dit-on, du dos d'un dodu dindon ».

– Et c'est un sans-faute, bravo mademoiselle ! Vous avez cité les plus connus, ceux que nos grands-parents ou arrière-grands-parents nous ont laissés, mais il y en a pléthore ! Par exemple, celui-ci : « Petit pot de beurre, quand te dépetitpotdebeurreriseras-tu ? Je me dépetitpotdebeurreriserai quand tous les petits pots de beurre se dépetitpotdebeurreriseront. »

– C'est complètement débile ! chuchote Maxime.

– Débile, peut-être, mais utile, monsieur Ferrand ! répond le prof, qui a l'ouïe fine. Et maintenant, vous allez marcher sur la scène tout en prononçant ce virelangue.

Pendant un quart d'heure, les élèves arpentent la scène en répétant les différents virelangues que leur propose le prof. Mais l'exercice finit par dégénérer car les élèves, qui marchent à toute vitesse, se rentrent dedans et s'apostrophent.

– Ça suffit, intervient Mme Renard, on n'est pas aux autos tamponneuses !

En tout cas, l'humeur est à la rigolade : ça fourche à tour de langue !

Une fois que les langues ont gagné en agilité et en souplesse, Mme Bidault prend le relais.

– Maintenant, allez chercher vos livres, demande-t-elle aux élèves.

Pendant ce temps-là, ses collègues et elle installent des chaises pliantes sur la scène de façon à former un cercle. Quand tout le monde est assis, elle reprend :

– Nous allons faire une lecture à voix haute de la pièce, chacun va lire ses répliques. Je ne vous demande pas de mettre autant d'intensité que si vous étiez sur scène, ni de ménager des silences. Cette lecture doit surtout permettre à chacun de mémoriser à quels moments de la pièce il intervient.

Les professeurs en profitent pour distribuer les derniers petits rôles parlants ou muets : Louis, Manon et Clémence, qui se partagent déjà de nombreux rôles, ne peuvent pas tous les cumuler, et il faut solliciter également ceux qui ont des rôles plus importants, comme Léa et Maxime qui, à la mort de leurs personnages respectifs (Mercutio et Tybalt), deviennent disponibles. Ou comme Ambre, dont le personnage (frère Laurent) n'entre en scène qu'à l'acte II. Ô surprise, la demoiselle condescend à jouer le troisième valet dans la cinquième scène de l'acte I !

Ambre et ses amis – Pierre (son petit copain), Nathan, Morgane et Manon – sont restés dans la même disposition d'esprit par rapport à Emma. Ils ne lui pardonnent pas d'interpréter le rôle de Juliette et ils continuent à le lui faire payer par des remarques perfides. Les hostilités commencent dès la scène 2 de l'acte II, lorsque Roméo engage la conversation avec Juliette, à son balcon. Emma a le malheur de buter sur une réplique.

– « Tu sais que le masque de la nuit est sur mon visage ; sans cela, tu verrais une vir… une virginale couleur… co… colorer mes joues, quand je songe aux paroles que tu m'as entendue dire cette nuit ! »

– Pff, soupire Ambre. Si elle ne sait pas lire, elle ne risque pas de savoir jouer !

Tout au long de la séance, Ambre prend ainsi un malin plaisir à relever les hésitations et les erreurs d'Emma. Les professeurs finissent par la recadrer. D'abord gentiment, quand M. Machin intervient :

– Mademoiselle Delannoy, prenez exemple sur frère Laurent, votre personnage, pour faire preuve d'un peu plus de tolérance à l'égard de vos camarades !

Puis plus fermement, quand Mme Renard la sermonne à son tour :

– Ça suffit, mademoiselle Delannoy ! Vos commentaires intempestifs perturbent le bon déroulement de cette lecture.

Erwan fait une grande impression à Emma : il mérite amplement d'avoir décroché le rôle de Roméo, et il n'a pas la grosse tête, contrairement à d'autres ! Clémence et Léa lui sont aussi très sympathiques.

À la fin de la répétition, Emma apprend par Mme Bidault qu'Ambre sera sa doublure.

– Qu'est-ce que ça veut dire ? lui demande-t-elle.

– Que si vous attrapez la grippe ou vous faites une entorse juste avant la représentation, Ambre interprétera le rôle de Juliette à votre place. Comme ça, en cas de coup dur, on peut maintenir la représentation. Ça vaut pour tous les comédiens, mais en particulier pour les rôles principaux. Les doublures doivent apprendre leur rôle dès maintenant.

Ambre a l'air de bien connaître le texte de Juliette. Il faut croire qu'elle n'a pas perdu tout espoir de récupérer le rôle. En cas d'imprévu. Ou si elle, Emma, ne se montre pas à la hauteur et que les profs admettent qu'ils se sont fourvoyés en lui confiant le rôle de Juliette. Emma est d'autant plus contrariée que sa rivale, qui a entendu les explications de la prof, en rajoute :

– Ne va pas rater une marche la veille de la pièce, ce serait dommage !

Ambre serait-elle capable de la pousser dans l'escalier pour avoir le rôle ? Une chose est sûre, en mai, quand le jour du spectacle approchera, Emma devra se montrer prudente !

13

Dimanche matin, Emma est réveillée par son téléphone. C'est Inès. Elle imagine dans quel état de déprime son amie doit se trouver depuis une semaine et elle s'en veut d'avoir été d'aussi mauvais conseil. Surtout, elle a eu une révélation : et si ce mail n'était pas la fin de tout, mais le début de quelque chose ? Et si c'était l'occasion pour Emma de faire ce qu'elle s'est toujours interdit alors qu'au fond d'elle-même elle ne rêve que de ça ?

– J'ai pensé à un truc. Pourquoi tu n'enverrais pas à Quentin le mail de ton inconnu ?

– Qu'est-ce que tu racontes, Inès ?

Emma sent la moutarde lui monter… au nez. Inès s'en est rendu compte.

– Attends, laisse-moi t'expliquer. Ça fait des années que tu es attirée par ce garçon, que ton cœur fait des bonds dès que tu l'aperçois, mais tu ne fais rien pour qu'il te remarque. Au contraire, quand il est dans les parages, tu joues les caméléons, tu te fonds dans le décor pour passer inaperçue.

Emma ne peut pas la contredire.

– Comme le garçon du mail, soupire-t-elle.

– Oui, sauf qu'il ne tient qu'à toi de te faire remarquer ! En lui envoyant ce fameux mail. J'ai regardé le texte de près ; il est recyclable à 99 %.

– Tu es complètement folle, Inès ! Quentin ne m'aime pas !

– Qu'est-ce que tu en sais ?

– Ça se voit…

– Peut-être qu'il est comme toi, qu'il ne s'autorise pas à te draguer parce que tu es la sœur de Tom ?

– C'est surtout parce qu'il doit me trouver moche… Ou coincée… Ou les deux.

– Alors là, tu te fourres le doigt…

– Dans le nez ?

– Dans l'œil, bêtasse ! Si j'étais un garçon, je suis sûre que tu me plairais.

Elle hésite à ajouter : « Arrête juste de t'habiller comme une mémé », mais elle se retient.

– Franchement, Emma, il faut que tu acceptes que tu es jolie !

– Mais tu n'es pas objective, Inès. Tu m'aimes trop pour me voir telle que je suis !

Les deux amies savent qu'elles ne sont pas près de se mettre d'accord sur ce sujet qui revient régulièrement sur le tapis. Après un silence, Inès reprend :

– Tu es prête à tous les sacrifices pour décrocher un rôle dans une pièce, mais pas pour séduire le garçon que tu aimes. C'est quand même curieux…

– Comme tu l'as dit, c'est le meilleur ami de mon frère.

– Et alors ?

– Tom m'en voudrait à mort si je sortais avec lui.

– Je ne comprends pas. Comment pourrait-il s'opposer à votre bonheur ?

– Tu ne connais pas mon frère !

– S'il est jaloux, tant pis pour lui. Mais tu ne peux pas garder cet amour pour toi et soupirer en silence toute ta vie.

« Comme Cyrano ! » songe Emma.

– En plus, je n'ai pas envie de me ridiculiser.

– Ça ne risque pas d'arriver puisque tu enverras ce mail de façon anonyme. Si tu es déçue par ce que tu découvres chez Quentin, si certains aspects de sa personnalité te déplaisent…

– Ça m'étonnerait !

– J'ai dit « si ». Eh ben, dans ce cas, tu n'auras qu'à arrêter de lui écrire. Comme il ne saura pas qui tu es, il ne se précipitera pas sur toi à la sortie du lycée ; il ne criera pas à tue-tête sous tes fenêtres pour te convaincre de poursuivre vos échanges de mails. Tu vois, tu ne prends pas beaucoup de risques !

– Si je ne lui plais pas, je ne m'en remettrai pas.

– Au moins, tu pourras tourner la page. Comment veux-tu qu'un garçon ait une chance avec toi si tu penses toujours à Quentin ?

Emma, pensive, garde le silence. Inès enfonce le clou :

– Quelque chose me dit que ça peut marcher, entre vous.

– D'accord, Inès, je vais suivre ton conseil.

Inès est soulagée. Elle a l'impression d'avoir convaincu Emma et de s'être rattrapée.

– Ne dis rien à Océane, elle serait capable de te faire douter !

– Promis. Je ne lui en parlerai qu'après avoir envoyé le mail.

Grâce à Inès, Emma a retrouvé le moral. Ce canular va finalement lui fournir l'occasion d'approcher Quentin, et qui sait...

Elle s'assied devant l'ordinateur. Avant d'exécuter son plan, elle doit s'acquitter de deux formalités : d'abord créer une adresse anonyme afin que Quentin ne sache pas que c'est elle qui lui a envoyé le mail. Elle opte pour amoureuse94@gmail (94, comme son département, le Val-de-Marne). Ensuite récupérer l'adresse mail de Quentin.

Pas question de demander à Tom, il le dirait à Quentin et son plan tomberait à l'eau. Ou pire, il refuserait de lui communiquer son adresse et lui interdirait d'entrer en contact avec son ami. Elle décide de fouiller dans le carnet d'adresses de son frère, sur son ordinateur. Par chance, elle connaît son mot de passe : le nom de leur chat, Charbon, associé à sa date d'adoption. En espérant qu'il n'en ait pas changé depuis la conversation qu'elle a surprise il y a quelques mois où Tom expliquait à un copain comment il avait choisi son mot de passe. « Tout ce qu'il ne faut pas faire ! » songe Emma. Même moi, une bille en informatique, je sais ça ! » Enfin, en l'occurrence, ça l'arrange.

Elle compte agir le soir-même, pendant qu'il prendra sa douche. Tom y passe des heures, ça lui laissera le temps !

Une heure plus tard, l'affaire est dans le sac, elle a trouvé l'adresse de Quentin. Rien ne s'oppose plus à l'envoi de son mail. Emma est tout excitée ! Elle relit le message de son inconnu. En effet, il n'y a presque rien à changer. Elle se contente d'ajouter une nuance sur la fréquence de leurs rencontres, car elle ne croise pas Quentin tous les jours… Et elle supprime l'embrassade finale, qu'elle ne sent pas.

Salut,

Alors voilà, je me jette à l'eau !

Je te croise chaque matin (ou presque) devant le lycée et tu ne me vois pas. Mais moi, je te vois bien. Pire, je ne vois que toi !

J'aimerais bien qu'il se passe entre nous autre chose qu'un échange de regards. Et encore, ce n'est pas un échange de regards puisqu'il n'y a que moi qui te regarde.

Bref. Fais-moi signe, s'il te plaît.

Ça lui fait drôle d'utiliser exactement les mêmes mots que son inconnu pour tenter de séduire Quentin, mais si ça peut marcher…

14

Le lendemain, à peine levée, Emma se précipite sur son ordinateur. Elle n'a reçu aucun nouveau message. Elle est un peu déçue, mais elle sait qu'elle en demande beaucoup : Quentin ne s'est peut-être pas connecté à sa boîte mail. Ou alors, il veut prendre le temps de la réflexion avant de lui répondre… D'ailleurs, elle n'a pas répondu tout de suite au mail de l'inconnu.

Au lycée, Emma retrouve Océane. Persuadée qu'elle est au trente-sixième dessous, son amie prend un air dépité pour lui demander :

– Ça va ?

– Super ! répond Emma.

– Pas trop dégoûtée ? insiste-t-elle.

Emma ne voit pas où elle veut en venir. Elle en a presque oublié le canular !

– Non, ça va. Il faut que je te dise un truc. On se parle à la récré ?

Océane est impatiente d'apprendre les révélations d'Emma. À peine la sonnerie a-t-elle retenti qu'elle entraîne son amie dans un coin tranquille de la cour.

– Alors, c'est quoi, ces cachotteries ?

– Je te préviens, tu risques de ne pas approuver...

Et elle lui raconte la suite qu'elle a donnée au mail de l'inconnu.

– C'est une idée d'Inès, je suppose ? demande Océane.

– Comment as-tu deviné ?

– Pfff ! c'est tellement tordu que ça ne pouvait venir que d'elle.

– Oh, ce que tu peux être rabat-joie !

– Réaliste, nuance !

– Qui ne tente rien n'a rien.

– Tu ne crois pas que ce serait plus simple de lui faire savoir que tu veux sortir avec lui ? Je pourrais m'en charger...

– Ça va pas, la tête ! s'écrie Emma. Si tu veux qu'on reste amies, je te conseille de ne parler à personne de mes sentiments pour Quentin. Ni de ce mail.

– Bon, bon, ne te fâche pas ! répond Océane, vexée. Mais je ne te comprends pas : tu saurais à quoi t'en tenir…

– Justement, je ne veux pas que ça aille trop vite, répond Emma, d'une voix plus calme. Je veux faire durer le plaisir.

– Quel plaisir y a-t-il à rester dans l'incertitude ?

– Tant que Quentin n'a pas dit non, tous les espoirs sont permis !

– Mouais. Moi, si un garçon me plaisait, il faudrait que je sache tout de suite si c'est réciproque. Je ne peux pas attendre…

– De toute façon, le problème avec toi, c'est que tu ne trouves jamais un garçon à ton goût !

– D'accord, mais quand j'aurai trouvé le bon, je te promets que je ne le laisserai pas filer…

15

Mercredi, en début d'après-midi, on sonne à la porte. Emma va ouvrir. Un grand jeune homme aux belles boucles brunes se tient sur le seuil et lui sourit de toutes ses dents. C'est Quentin. Emma devient aussitôt écarlate.

– Bonjour, Quentin, balbutie-t-elle.

– Bonjour, Emma, tu vas bien ?

Jusque-là, leurs échanges s'en sont à peu près toujours tenus là. D'ailleurs, sans attendre la réponse d'Emma, Quentin s'apprête à gagner la chambre de Tom. À leur grande surprise à tous les deux, Emma prend sur elle de répondre :

– Ça va super-bien !

Quentin pourrait se contenter de hocher la tête avant de rejoindre son ami, mais il est intrigué.

– Ah oui ? Et qu'est-ce qui te rend d'aussi bonne humeur ?

– La pièce de théâtre dans laquelle je joue, *Roméo et Juliette.*

Elle a répondu du tac au tac.

– C'est vrai, j'ai appris que tu avais décroché le rôle de Juliette. Félicitations !

Emma est un peu décontenancée. Comment se fait-il que Quentin soit si bien informé ? Peut-être est-ce Tom qui lui a parlé d'elle ? Ça serait étonnant, ce n'est pas son genre. À moins qu'il ne l'ait descendue en flèche ! Ou alors, Quentin a entendu des bruits de couloir...

Elle ne voit pas quoi ajouter. Depuis qu'ils se connaissent, jamais ils n'ont échangé autant de mots ! Pour éviter un silence pesant, Quentin dit :

– Bon, j'y vais, ton frère doit m'attendre !

Il la laisse à sa perplexité.

Emma va se passer de l'eau sur le visage pour calmer le feu de ses joues. Elle est persuadée d'avoir fait preuve d'une audace peu commune en faisant la conversation à Quentin. Son cœur bat à tout rompre.

16

Mercredi 7 octobre

Tout à l'heure, j'ai vu Quentin. Tom lui avait proposé de passer. Contre toute attente, j'ai réussi à échanger quelques mots avec lui.

Avec le recul, ce qui me frappe, c'est le grotesque de la situation. Une autre fille à ma place aurait tenté de lui faire comprendre d'un regard, d'un sourire, d'un soupir, d'un geste, d'un mot, qu'il ne lui était pas indifférent. Moi, j'en suis incapable. En réalité, c'est pire que ça : je ne veux surtout pas qu'il le sache, en tout cas pas sans l'avoir préparé au « choc ». Résultat : j'en ai été réduite à lui envoyer ce mail anonyme.

Pourquoi faire simple quand on peut faire compliqué ! ?

Parfois, j'en ai marre d'être moi !

Quand je pense que Quentin a passé deux heures dans la pièce d'à côté... J'avais envie de lui dire : « Rentre vite chez toi et consulte ta messagerie, il y a un mail qui t'attend ! »

Mais bien sûr, c'était impossible...

Jeudi 8 octobre

Toujours rien sur gmail : j'ai mal !

Je crois bien que la patience n'est pas mon fort...

Hier soir, ma boîte de réception affichait quatre nouveaux messages. Je me suis précipitée pour relever mon courrier. J'étais sûre d'y trouver un mail de Quentin. Mais rien. Rien que des mails d'entreprises qui tentent de fourguer leur camelote.

Chaque message reçu est un espoir déçu.

17

Le lendemain, lorsque Emma consulte sa messagerie, la boîte de réception reste désespérément vide. Ou alors polluée par les indésirables. L'attente est interminable. Elle va devenir folle !

Elle a songé à renvoyer le mail. Peut-être Quentin ne l'a-t-il pas reçu ? En tout cas, l'adresse qu'elle a tapée est valide, sinon elle aurait eu un message d'erreur. Peut-être a-t-il changé de fournisseur d'accès ? Auquel cas il y a peu de chances qu'il consulte son ancienne messagerie. Ça serait la tuile. Comment pourrait-elle trouver son adresse si Tom lui-même, son meilleur ami, n'a pas mis à jour ses coordonnées ?

Emma ne sait plus à quel saint se vouer. Il y aurait bien sainte Rita, la spécialiste des causes désespérées, elle pourrait lui donner un coup de pouce, mais ce n'est pas son truc d'invoquer les saints. Elle en est réduite à guetter les petits signes du destin, ou plutôt à les provoquer : sur le chemin du lycée, ce jour-là, elle se dit que si elle ne rencontre aucun chien jusqu'au prochain carrefour, c'est qu'à son retour elle trouvera un message de Quentin dans sa boîte de réception. Hélas, la chance n'est pas avec elle. Elle tombe d'abord sur un shih tzu qui sort d'un immeuble. Avec la plus grande mauvaise foi, elle décide que ça ne compte pas. « Un shih tzu, ce n'est pas vraiment un chien », se dit-elle. En revanche, elle ne trouve aucune excuse pour rejeter le cocker et le labrador qui croisent ensuite sa route…

Samedi après-midi, elle tente de nouveau sa chance en revenant de la bibliothèque. Les chiens lui ayant porté la poisse, elle met tous ses espoirs dans les voitures. Si elle arrive au feu avant la prochaine voiture, c'est que Quentin lui a répondu. Il n'y a guère de circulation, et elle croit la partie gagnée, quand elle entend, à quelques mètres du feu, un bruit de moteur. Elle force l'allure. La voiture gagne du terrain. Cette fois, elle se met à courir et elle l'emporte de quelques centimètres. « Dans une vraie course, sur la photo-finish, c'est peut-être mon nez qui aurait fait la différence ! » songe-t-elle. Emma met un bon moment à retrouver son souffle. Malgré sa victoire, elle a un doute. Comment le Grand Maître du jeu va-t-il considérer son accélération dans les derniers mètres ? Elle a bel et bien triché...

Emma se hâte de rentrer chez elle et d'allumer l'ordinateur. La boîte de réception lui indique qu'elle a reçu un nouveau message. Et... il s'agit bien d'un mail de Quentin ! Comme quoi, le destin ne lui en a pas tenu rigueur ! Elle clique dessus, et alors là, stupeur, il n'y a rien ! Enfin, presque rien. Trois mots : « Qui es-tu ? »

Quentin ne s'est pas foulé ! Mais peut-elle lui en vouloir d'économiser ses efforts alors qu'il ne sait pas qui lui a écrit ? Décidément, elle se trouve bien indulgente avec lui. Ah, l'amour ! Elle lui passe déjà tout !

Reste à savoir ce qu'elle va lui répondre. Si elle s'est créé une adresse mail anonyme, ce n'est pas pour dévoiler son identité, il doit bien le comprendre !

18

Dimanche 11 octobre

Me voilà face à un dilemme : si je fais de moi un portrait fidèle à Quentin, je doute qu'il ait envie d'aller plus loin. Mais si je lui mens, si j'embellis trop la réalité, alors notre relation sera basée sur un mensonge, et le jour où nous nous rencontrerons pour de vrai, si l'occasion se présente, il aura le sentiment d'avoir été trompé.

Je ne veux pas non plus lui donner d'informations trop personnelles, trop précises ; elles lui feraient forcément penser à moi, et il ne répondrait sans doute pas à mon mail. Ou alors il trouverait un moyen de se défiler sous un prétexte bidon, du genre :

« Je passe le bac à la fin de l'année, je ne peux pas me permettre d'avoir une copine », ou bien : « Je me remets à peine d'une rupture amoureuse, je ne suis pas prêt à m'engager de nouveau ».

S'il me faisait une réponse comme ça, je serais effondrée. Même si je suis convaincue qu'un zeste d'hypocrisie et une pincée de lâcheté valent parfois mieux qu'une franchise totale !

19

Emma prend un miroir et s'installe à son bureau.

– Miroir, ô mon beau miroir, dis-moi qui est la plus belle de l'immeuble ?

Elle se met à s'observer minutieusement, comme le ferait un peintre. Elle peut maintenant commencer son autoportrait.

J'ai de longs cheveux blonds, ondulés, des yeux clairs qui peuvent passer du bleu au gris, un nez droit…

« Un nez droit, se dit-elle, ce n'est pas faux… Inutile de préciser sa longueur. »

… des joues et des lèvres charnues, des dents régulières. J'ai un petit grain de beauté sur la joue.

Comme Marilyn Monroe ! Hélas, la comparaison s'arrête là…

Emma relit son portrait. Il lui paraît assez fidèle. Trop, peut-être. Une blonde aux cheveux longs et aux yeux bleus avec un grain de beauté sur la joue… Il ne mettrait pas longtemps à l'identifier parmi les lycéennes ! Elle décide de supprimer les détails compromettants. Exit, la longueur des cheveux ; exit, le grain de beauté. Surtout, elle s'autorise un mensonge pour compliquer les recherches de Quentin : elle ne sera pas en seconde, mais en première !

Emma fait une ultime lecture du mail.

Puisque tu veux savoir qui je suis, je t'envoie mon autoportrait.

Je suis en première. J'ai des cheveux blonds, ondulés, des yeux clairs qui, selon les moments de la journée, peuvent passer du bleu au gris, un nez droit, des joues et des lèvres charnues, des dents régulières.

En échange, je ne te demande pas de te décrire physiquement – car je sais parfaitement à quoi tu ressembles ! –, mais j'aimerais que tu me parles de toi. De tes centres d'intérêt, par exemple.

Cette fois, elle n'a rien à redire. Elle clique sur l'icône pour envoyer le mail. Elle ne peut s'empêcher de se demander s'il va lui répondre, et dans quels délais.

20

La réponse de Quentin ne se fait pas attendre trop longtemps. Emma trouve le mail de son amoureux mardi, au retour du lycée. Il est nettement plus long que le premier. C'est presque un roman, en comparaison !

Ma belle inconnue,

Je n'ai jamais autant regardé les filles qu'aujourd'hui, au lycée !

Je te rassure, il ne s'agissait pas de les détailler de la tête aux pieds pour me rincer l'œil, mais de trouver, parmi elles, celles qui pouvaient correspondre au portrait que tu fais de toi. L'air de rien, il y a pas mal de blondes, en première, et je suis loin de les avoir toutes observées !

Tu me demandes de parler de mes centres d'intérêt.

Tout d'abord, je suis un fan de foot. J'aime autant faire du foot dans la cour du lycée – je ne joue pas en club – que regarder des matchs à la télé et en parler avec les copains. Parfois, je vais au Parc des Princes encourager mon équipe : le PSG, bien sûr ! J'ai conscience que ce n'est ni original ni valorisant… Si ça doit être rédhibitoire, je préfère annoncer la couleur tout de suite…

J'aime également le tennis de table. En club, cette fois. Je fais un peu de compétition, mais je ne suis pas dans les meilleurs…

En dehors du sport, je fais de la musique. Je joue de la basse dans un groupe de rock : The Crazy Pink Grasshoppers. On se produit parfois dans des cafés. Tu pourrais venir nous écouter, un jour…

Et toi, ma belle inconnue, quels sont tes loisirs ?

Par deux fois, Quentin l'a appelée « sa belle inconnue » ! C'est complètement fou, ce qui lui arrive ! Il faut qu'elle fasse quelque chose, qu'elle exprime toute cette joie. Elle avise son chat, roulé en boule sur son oreiller, à moitié endormi. Elle se précipite vers le lit, le prend par les aisselles – pas très plaisant, comme « réveille-matou » ! – et se met à virevolter avec lui.

– Tu te rends compte, Charbon, Quentin m'a écrit que j'étais « sa belle inconnue » !

Elle libère son pauvre chat, affolé, et éclate de rire : c'est tellement rare, dans un échange avec un garçon, qu'elle ne se sente pas complexée par son nez, jugée sur son physique. Quel sentiment étrange et agréable !

Le mail de Quentin n'est pas d'une extrême originalité, mais elle apprécie sa franchise et son humilité. Il aime le foot, ce n'est pas un scoop : souvent, elle l'aperçoit dans la cour en train de taper dans le ballon. Emma n'a rien contre ce sport. D'ailleurs, ça lui arrive de regarder un match avec son frère. Pour les grandes occasions. Mais ce qui séduit Emma dans le portrait de Quentin, c'est son goût pour la musique, même si ce n'est pas du classique : il joue de la basse, c'est la classe !

À son tour de se dévoiler un peu. Elle aimerait lui parler de sa pratique du violoncelle. Parce que c'est sa grande passion et qu'ils ont ça en commun, la musique. C'est important d'avoir des affinités dans un couple – ah, ah, ah ! comme s'ils étaient en couple ! Mais n'ont-ils pas des goûts musicaux aux antipodes ? Elle n'écoute rien d'autre que du classique, ou presque : un peu de jazz, quelques chanteurs à textes :

Brassens, Renaud, Boby Lapointe... Des trucs que sa mère écoute en boucle depuis toujours.

Et si le violoncelle était à Emma ce que le foot est à Quentin : une casserole ?

Ce n'est pas qu'elle n'apprécie pas son instrument – bien au contraire, elle adore le violoncelle, c'est un plaisir, et un besoin ! – mais elle a conscience que pour la plupart des élèves, ça fait ringard. Peu de gens, au lycée, sont au courant qu'elle en joue, elle se garde bien d'en parler : elle a assez souffert de son image d'intello pour ne pas en rajouter avec la musique classique...

Ah, si sa prof l'entendait penser ! Elle ne comprendrait pas que pour séduire Quentin, elle ne mette pas en avant sa passion pour son instrument, pire, qu'elle garde ça pour elle comme un secret honteux, inavouable ! C'est vrai, elle devrait en être fière, le crier sur les toits.

Il y a autre chose. Parler à Quentin de son goût pour le violoncelle, cela lui mettrait la puce à l'oreille : il l'a probablement déjà entendue jouer, un jour qu'il venait voir Tom. Ce serait comme signer le mail de son prénom. Et cela vaut pour le club théâtre : c'est une expérience très riche qu'elle aimerait partager avec lui. Mais c'est hors de question : la dernière fois qu'ils se sont vus, ils ont même évoqué *Roméo et Juliette* !

Voilà Emma à court d'idées : si elle ne peut pas aborder la musique et le théâtre, ces deux pratiques qui occupent l'essentiel de son temps libre, ces deux passions qui l'habitent, la nourrissent, de quoi va-t-elle lui parler ? Doit-elle s'inventer d'autres activités ? Une vie de danseuse, de judoka ou de funambule ? Mais alors saurait-elle en parler ? Et comment justifier ce mensonge après coup ?

Après mûre réflexion, elle décide de s'improviser pianiste : c'est un instrument qu'elle connaît bien puisque sa mère joue du piano et qu'elle-même a l'habitude d'être accompagnée par des pianistes lors des auditions. Elle n'aura qu'à lui parler de Bach, Chopin, Beethoven… à défaut de violoncelle. Ce ne sera qu'un demi-mensonge.

21

La correspondance entre Emma et Quentin est lancée. Dans son dernier mail, Quentin évoque sa passion pour la BD et le manga. C'est son père qui lui a fait découvrir la bande dessinée : il a plus de mille albums chez lui ! Quentin évoque le festival d'Angoulême, où ses parents les ont emmenés, lui et sa sœur, à plusieurs reprises : expositions consacrées aux grands maîtres de la BD, chasse aux autographes et achat de figurines de collection ! Il dit aussi apprécier le cinéma, surtout les films d'action et de science-fiction. Foot, BD, jeux vidéo, films d'action… « Si on ne connaissait pas le sexe de Quentin, se dit Emma, on n'aurait pas trop de mal à le deviner ! »

Quand elle réfléchit à ses propres goûts, elle réalise qu'elle a exactement les mêmes que sa mère ! D'un côté, elle est heureuse d'avoir autant d'affinités avec elle et de pouvoir partager autant de choses… De l'autre, elle se demande si elle est tout à fait normale. L'adolescence n'est-elle pas cette période où l'on prend ses distances vis-à-vis de ses parents, où l'on cherche à se différencier, à trouver sa propre voie ? Sa propre voix, aussi. Doit-elle s'en inquiéter ? Consulter ? Est-ce problématique de ne pas faire sa crise d'adolescence ? Au moins une « crisette » ? En même temps, elle sait que cela prend parfois des proportions terribles : à dix-huit ans, la sœur d'Inès a déjà coupé les ponts avec ses parents… Elle n'a aucune envie d'en arriver là !

Au-delà de la complicité avec sa mère, ce qui lui paraît plus ennuyeux encore, c'est qu'elle ne partage pas grand-chose avec les jeunes de sa génération : elle ne s'intéresse pas à la mode, n'écoute pas de rap ou d'électro, elle ne lit pas leur littérature, elle ne regarde pas leurs films, ou si peu, elle ne veut pas être sur les réseaux sociaux… À leurs yeux, elle doit être une sorte d'extraterrestre, et elle ne peut pas leur en vouloir de la voir comme ça. Elle ne fait pas beaucoup d'efforts pour s'intéresser à ce qu'ils aiment : il y a tellement de génies (écrivains, musiciens, artistes...) dont les œuvres ont traversé les siècles, pourquoi perdre du temps à lire les petits auteurs d'aujourd'hui ou à écouter les petits musiciens dont plus personne n'entendra parler dans deux ans, dix ans, cinquante ans ? « Et voilà, je pense déjà comme une vieille conne ! » se dit-elle.

Cultiver sa différence, c'est bien, tant qu'on ne se coupe pas des autres. Même si dans la classe, bon nombre d'élèves lui adressent à peine la parole, Emma a suffisamment de copines et d'amies pour ne pas en souffrir. Elles n'ont pas forcément les mêmes goûts qu'elle, mais elles l'apprécient pour ce qu'elle est. Parfois, Emma se reproche son manque d'ouverture d'esprit. Après tout, elle passe peut-être à côté de quelque chose ? Elle devrait suivre l'exemple d'Océane : elle a beau jouer de la musique classique, elle écoute d'autres trucs. Et ce n'est pas parce qu'elle fait du théâtre qu'elle ne suit pas assidûment les conseils beauté de ses youtubeuses préférées ! Océane a promis de lui donner un petit cours de rattrapage en « musiques actuelles »...

De quoi va-t-elle parler à Quentin ? Ce qui lui vient à l'esprit, ce sont les comédies américaines : celles des années

1930 à 1960. À l'âge où les parents regardent des dessins animés avec leurs enfants, son père lui faisait découvrir des vieux films dans un petit cinéma d'art et d'essai près de chez eux. C'est là qu'elle a vu pour la première fois les films de Frank Capra (*Arsenic et vieilles dentelles, La vie est belle, New York-Miami…*), d'Ernst Lubitsch (*Le ciel peut attendre, Sérénade à trois, La Folle ingénue…*), de Georges Cukor (*Indiscrétions, My Fair Lady…*) ou de Stanley Donen (*Chantons sous la pluie, Charade, Drôle de frimousse…*). C'est après sa mort qu'elle a découvert, avec sa mère, les films de Billy Wilder (*Sabrina, Sept ans de réflexion, Certains l'aiment chaud…*), un autre dieu de leur panthéon comique.

Dès qu'elle a un moment de déprime, une légère baisse de moral, elle regarde une comédie américaine. Selon elle, il n'y a pas meilleur remède ! C'est ce qu'elle explique à Quentin dans un mail passionné.

Dans un autre, Emma évoque les poèmes qu'elle écrit. Elle ne risque pas de se trahir, car ce goût pour la poésie, elle le cultive uniquement dans son jardin secret ; personne ou presque n'est au courant. Ce qu'elle n'avait pas prévu, c'est que Quentin lui réclamerait un poème. Elle en est un peu surprise, mais elle relève le défi. Pour cette mise à l'épreuve, elle décide de recourir à l'anaphore – car il n'y a pas plus fort que l'anaphore ! –, où chaque strophe débute par le même vers, et de jouer avec le prénom de son amoureux. Ou plutôt avec les sons qui composent son prénom. Le tout en neuf syllabes, comme dans le fameux *Art poétique* de Verlaine, où le poète défend le vers impair, « plus vague et plus soluble dans l'air ». Ces contraintes, bien sûr, compliquent l'écriture, mais elles lui donnent un point de départ, une forme dans laquelle glisser ses mots.

Après quelques jours d'effort, Emma met un point final à son poème. Pas sûr que ces vers soient solubles dans l'air, mais au moins, ça ressemble à quelque chose. Elle l'envoie par mail à Quentin avec cet avertissement : « Eh, je ne me prends pas pour une poétesse, hein ! »

Quand un jeune homme me plaît vraiment,
Je peux le savoir aux battements
De mon cœur : aussi rapides, aussi forts
Qu'après une séance de sport.

Quand un jeune homme me plaît vraiment,
Je le devine aux picotements
Que je ressens partout dans le corps.
C'est si doux que j'en demande encore !

EMMA

Quand un jeune homme me plaît vraiment,
Je pense à lui inlassablement.
J'en oublie de faire mes devoirs,
J'en oublie de manger et de boire.

Quand un jeune homme me plaît vraiment,
Le monde disparaît par moments :
Il n'y a plus rien d'autre alentour
Que le visage de mon amour.

22

Dimanche 1er novembre

Comme chaque année, pour la Toussaint, je suis allée sur la tombe de mon père.

Avec ma mère et mon frère.

Déjà quatre ans que papa est décédé. J'étais en sixième lorsque la mort l'a pris sans crier gare. Une rupture d'anévrisme. Il avait quarante-deux ans.

Ça me rend triste de savoir maman toute seule. Ça serait bien qu'elle retrouve quelqu'un. Mais elle n'a pas l'air encore prête…

EMMA

De mon père, j'ai hérité ce grand nez – qui fait de moi son portrait craché – et le goût du cinéma, et en particulier des comédies américaines.

Si chaque année, pour la Toussaint, nous allons au cimetière, le 30 mai, jour anniversaire de la mort de mon père, nous regardons le DVD de La vie est belle *de Capra.*

L'une des scènes que je préfère – à chaque fois que je la regarde, je pleure comme une madeleine –, c'est le moment où l'ange Clarence, le soir de Noël, saute dans une rivière pour obliger George Bailey (James Steward, génial !) à le sauver, le faisant ainsi renoncer à son projet de suicide. À cet homme désespéré, qui aurait voulu ne pas naître, il montre ce que seraient devenus sa ville, sa famille, ses amis, son épouse… s'il n'avait pas existé.

C'est vrai, la vie est belle, quand même !

23

Un mois a passé. Ce soir-là, la troupe reprend la scène du bal, à l'acte I, où toute une série de personnages entrent et sortent de la maison de Capulet. On y retrouve l'irascible Tybalt, qui veut absolument en découdre avec Roméo, son ennemi juré, – il l'a reconnu malgré son masque. Capulet, l'oncle de Tybalt, parvient à le calmer, mais on pressent déjà le drame. Et surtout, on assiste au coup de foudre réciproque de Roméo et de Juliette, qui se voient pour la première fois. Roméo va tout de même réussir à lui voler un baiser !

Emma est un peu troublée par le comportement volage de Roméo. Ne vient-il pas d'expliquer à son ami Benvolio, dans la scène 3, qu'il aimait éperdument Rosaline, une jeune fille d'une éclatante beauté qui, hélas, a fait vœu de chasteté ? N'a-t-il pas été jusqu'à prétendre que « le soleil qui voit tout n'a jamais vu son égale depuis qu'a commencé le monde » ? Tous les garçons sont-ils comme ça ?

Lors de la précédente répétition, les lunettes d'Emma ont encore fait jaser : Nathan et Morgane ont crié à l'anachronisme. Emma avait prévu le coup, elle s'était documentée : Juliette aurait fort bien pu porter des bésicles, les ancêtres des lunettes, et rien ne permettait d'affirmer qu'elle n'en portait pas. Personne ne l'a écoutée. Pierre a même prétendu qu'on ne croirait pas un instant au coup de foudre de Roméo si Juliette était bigleuse et ressemblait à une grand-mère ! Il s'est montré particulièrement virulent :

– Comment voulez-vous qu'on croie Erwan quand il dit : « Sa beauté est suspendue à la face de la nuit comme un riche joyau à l'oreille d'une Éthiopienne » ? Ou, tenez, un peu plus loin : « Telle la colombe de neige dans une troupe de corneilles, telle apparaît cette jeune dame au milieu de ses compagnes » ? Je vous garantis qu'il y aura des gloussements dans la salle !

Pour éviter de revivre semaine après semaine la même scène et clouer le bec à ces idiots, ce soir, Emma a décidé de jouer sans lunettes. Et c'est une catastrophe ! À peine entrée sur scène, elle bute sur un sac et s'étale de tout son long, sous les rires des élèves. Océane, qui l'aide à se relever, fusille du regard les moqueurs.

Emma parvient à garder son sang-froid, mais le pire est à venir ! En voulant lui déposer un baiser sur la bouche, comme le précise la didascalie, Erwan manque de se faire éborgner par le nez d'Emma ! Il n'a pas embrassé des dizaines de filles, mais c'est bien la première fois que ça lui arrive. Malgré la douleur, il parvient à dire sa réplique :

– « Vos lèvres ont effacé le péché des miennes. »

Peu après, sur l'invitation de Juliette, Roméo doit récidiver. Cette fois, Erwan prend toutes les précautions, tournant son visage dans tous les sens avant de trouver un angle acceptable. Que c'est laborieux ! Du coup, toute la salle est pliée en quatre quand Juliette prononce sa réplique :

– « Vous avez l'art des baisers. »

Même les professeurs ont du mal à se retenir de rire !

Enfin, lorsque Erwan s'éloigne et qu'Emma doit le désigner de loin à Océane (Juliette demande à la nourrice si elle sait qui est Roméo), c'est un autre élève qu'elle désigne du doigt. Emma est myope comme une taupe ! Le concert de rires reprend, et c'est un miracle si elle parvient à échanger avec Océane les dernières répliques de la scène, pourtant si importantes (c'est là qu'elle apprend que le jeune homme en question s'appelle Roméo et que c'est un Montaigu).

– « Il m'est né un prodigieux amour, puisque je dois aimer un ennemi exécré ! » s'exclame-t-elle.

À la fin de la répétition, Emma se laisse tomber sur une chaise. Elle se sent vraiment découragée, elle a envie de tout envoyer promener. Océane essaye de lui remonter le moral quand Mme Bidault s'approche d'elles.

– Vous m'avez impressionnée, Emma !

– Vous vous moquez de moi, madame ?

– Pas du tout ! Malgré les rires, vous ne vous êtes pas laissé déstabiliser. C'est un bon point pour vous. Bravo !

Sur la route du retour, Léa la rattrape. Elles vont dans la même direction.

– Tu sais, il y a une solution à ton problème de lunettes…

– Ah bon ?

– Tu n'as qu'à porter des lentilles, comme moi !

– Ah, je n'avais pas remarqué.

– C'est tout l'intérêt : la discrétion.

– En tout cas, c'est une idée. Je vais y réfléchir…

– Les essayer, c'est les adopter : fini les lunettes sales, la buée sur les verres… et accessoirement les moqueries.

– Merci du conseil, Léa.

– Il n'y a pas de quoi. Je voulais te dire aussi : ne te laisse pas abattre, je suis sûre que tu vas faire une Juliette formidable. Avec ou sans lunettes !

Les deux filles se quittent. Emma est agréablement surprise par Léa, qu'elle ne connaît pas encore très bien, mais apprécie de plus en plus. Le compliment lui fait du bien.

24

De fil en aiguille, au bout de quelques semaines, Emma et Quentin en arrivent à se parler d'amour. Emma connaît la réputation de tombeur de son amoureux, ce à quoi il répond qu'il s'agit d'une légende urbaine et qu'il n'est pas sorti avec tant de filles que ça. À l'en croire, il chercherait l'amour avec un grand A. Emma aimerait lui répondre : « Pas plutôt avec un grand nez ? Ça m'arrangerait ! »

Mais elle garde ça pour elle.

Si certaines filles de sa classe ont déjà des plans cul et les étalent au grand jour sur les réseaux sociaux, Emma n'est pas prête à découvrir les joies du sexe, même avec Quentin. S'ils finissent par sortir ensemble, ce qui est hautement improbable, il faudra qu'il lui laisse du temps ! Mais elle adore l'idée d'avoir un plan Q. Q comme Quentin, bien sûr. Pour l'instant, ça lui suffit amplement !

Les mails se font bientôt plus fréquents et plus courts. Emma et Quentin s'envoient des messages comme on s'enverrait des textos. Ces échanges leur font bientôt à tous les deux l'effet d'une drogue. S'ils n'ont pas leur dose d'amour, ils sont en manque. Un mercredi, Quentin propose à Emma une rencontre dans un café.

Ce n'est pas une surprise pour Emma : tous ces mails qu'ils s'échangent sont censés préparer cette rencontre mais elle a peur du verdict. Elle craint que cette correspondance ne s'interrompe d'un coup et que l'amour de Quentin ne se dissipe à l'instant même où il aura découvert son visage, déplaisant, ou son identité, problématique (parce qu'il est l'ami de Tom).

Après avoir plusieurs fois repoussé l'échéance, elle finit par céder. Le rendez-vous est fixé vendredi 18 décembre.

25

Avant sa fête d'anniversaire, programmée samedi 12 décembre, Emma souhaitait que ses deux meilleures amies, l'ancienne (Inès) et la nouvelle (Océane), fassent enfin connaissance. Elle leur a donc proposé de se retrouver dans un café le vendredi de la semaine précédente. Océane a suggéré le Starbucks où elle a ses habitudes. Emma n'y va jamais, sa mère a une dent contre ces grosses chaînes américaines – ce café n'est pas sa tasse de thé ! –, mais elle n'a pas protesté.

Ce jour-là, à 17 heures, Océane et Emma entrent donc au Starbucks. Inès, qui a terminé les cours une heure plus tôt, est déjà installée. Elle déteste être en retard ! Elle profite du wifi gratuit pour faire un tour sur Instagram.

– Inès, je te présente Océane. Océane, voici Inès.

Les deux filles se font la bise, mais du bout des lèvres. Rien ne dit qu'elles arriveront à s'entendre toutes les deux, elles sont tellement différentes ! Malgré les efforts d'Emma, la conversation peine à s'installer. Pour dissiper la gêne, Océane propose d'aller chercher leurs consommations. Quand elle revient, portant un plateau avec le chai d'Emma, le chocolat d'Inès et son cappuccino, Emma leur annonce le scoop :

– J'ai rendez-vous avec Quentin !

– Trop bien ! s'exclame Inès.

– Eh, ne t'emballe pas, Inès, il faut encore que je lui plaise, et ce n'est pas gagné !

– Pfff ! soupire Inès. Toujours aussi optimiste !

– Il faut vraiment que tu mettes toutes les chances de ton côté, intervient Océane.

– Qu'est-ce que tu veux dire ?

Océane jette un coup d'œil vers Inès, espérant son soutien. Mais Inès semble tout aussi perplexe qu'Océane.

– Il faut te relooker !

Océane est une inconditionnelle des émissions de mode. Si elle n'est pas « la reine du shopping », c'est sûrement une prétendante sérieuse au trône...

– Océane est très branchée mode, explique Emma.

– Je vois, dit Inès avec dédain.

– Tu ne peux pas te pointer à ton rendez-vous avec ces fringues, ça ruinerait tes chances de sortir avec lui !

– C'est également ce que tu penses, Inès ? demande Emma.

– Océane y va un peu fort, mais c'est vrai que tu pourrais faire un effort. Je présume que tu portes toujours les vêtements de ta cousine ?

– C'est quoi, ce délire ? s'étouffe Océane.

Emma devient toute rouge.

– Ben, maman est une anticonsumériste pratiquante, répond-elle. Elle m'a toujours habillée avec les vêtements que ma cousine ne mettait plus. Ce n'est pas une question de finance, mais d'écologie, de respect de la planète...

– Elle a quel âge, ta cousine ?

– Elle va avoir dix-neuf ans.

– Ceci explique cela. En gros, au moment où tu récupères ses fringues, plus personne ne met ce genre de vêtements ! Et tu n'as jamais...

– Rué dans les brancards ? Ben non, la mode, les marques, ce n'est pas trop mon truc. Et puis, je suis plutôt d'accord avec ma mère, tout ça n'est pas bon pour la planète.

– Il y a des limites, quand même. Tu n'es pas obligée de t'habiller comme un sac !

– Oh, ce que tu peux être méchante ! dit Inès.

Loin d'être offusquée, elle a de la peine à se retenir de rire.

– Ce n'est pas bientôt ton anniversaire ? demande Océane.

– Je te préviens, tu vas avoir du mal à me traîner dans les magasins ! affirme Emma.

– Ne t'inquiète pas pour ça, on s'occupe de tout, pas vrai, Inès ?

– Hum, hum…

Après un silence, Emma reprend la parole.

– Au fait, j'ai décidé de porter des lentilles, je vois l'ophtalmo dans quelques jours.

– En voilà une bonne nouvelle !

– C'est vrai, on verra mieux tes yeux sublimes ! dit Inès.

– Et ça lui évitera de se vautrer dans le décor, se moque Océane.

– De quoi tu parles ? demande Inès.

Emma intervient.

– Tu te rappelles qu'au théâtre, une petite bande de crétins n'arrête pas de me faire suer à cause de mes lunettes.

– Et alors ?

– À la dernière répétition, je les ai enlevées pour la scène du bal, mais tu sais, je suis très myope. Du coup, j'ai buté sur un sac que je n'avais pas vu, et je me suis cassé la figure.

Inès éclate de rire.

– Comme ça, avec les lentilles, tu feras d'une pierre deux coups !

– Malheureusement, ce n'est pas ça qui va résoudre mon problème.

– Ton nez ! s'exclament en chœur ses deux copines.

Et c'est reparti pour une belle tranche de rire.

– Toujours le même refrain ! remarque Inès.

– Forcément, on ne voit que lui. En plus, sans lunettes, mon pauvre nez sera tout nu.

– Ce sera terriblement impudique !

– Mais qu'est-ce qu'on peut y faire, ma pauvre ? dit Inès. On ne va quand même pas te raboter le nez !

Emma et Inès pouffent de rire.

– Et pourquoi pas ? demande Océane, impassible.

– Hein ? s'exclame Inès. Tu es sérieuse ?

– Évidemment ! Je ne dis pas que c'est ce qu'il faut faire, mais si Emma n'assume vraiment pas son nez, elle doit songer à la chirurgie esthétique.

Les deux filles sont sans voix. Océane poursuit son raisonnement.

– La rhinoplastie, ça s'appelle. Je me suis renseignée sur Internet. Beaucoup d'adolescentes qui ne supportent pas leur nez – qu'il soit épaté, tordu ou cabossé, trop court ou trop long – y ont recours. Et ça change leur vie, d'après ce que j'ai lu sur les forums.

Emma essaye de s'imaginer avec un nez normal, ça lui demande un gros effort. Inès, quant à elle, contient sa colère.

– Ben quoi, j'ai dit une bêtise ? s'inquiète Océane.

Heureusement, Emma a trouvé un moyen de désamorcer la situation.

– « Moi, Monsieur, si j'avais un tel nez, il faudrait sur-le-champ que je me l'amputasse ! »

– Oh, toi et ton Cyrano ! Ça te faire rire ?

– « Je me presse de rire de tout, de peur d'être obligé d'en pleurer ! »

– Rostand, encore ?

– Non, Beaumarchais. Figaro, dans *Le Barbier de Séville*.

Puis elle enchaîne :

– C'est vrai, ça serait peut-être la solution…

– Mais n'importe quoi ! s'emporte Inès. Tu ne vas quand même pas l'écouter !

– Et pourquoi, elle ne m'écouterait pas ? s'offusque Océane.

– Parce que ton idée est débile !

– Bon, arrêtez de vous crêper le chignon, toutes les deux !

Inès et Océane se regardent et sont prises d'un fou rire. Emma ne comprend pas.

– Ben quoi ? Qu'est-ce que vous avez ?

– « Vous crêper le chignon » ! Il n'y a que toi pour employer des expressions pareilles !

– Moi… et ma grand-mère !

– Exactement.

– Remarque, Inès, l'expression va bien avec ses fringues ! Et son téléphone portable…

– Arrête, Océane, tu vas nous la vexer !

Les trois filles rient tellement que tous les regards se tournent vers elles.

– Ils veulent nos photos, ou quoi ? murmure Océane.

Inès remet le sujet sur le tapis.

– Sérieusement, l'opération doit coûter hyper-cher.

– Forcément, un nouveau nez, ça coûte un bras ! pouffe Emma.

– C'est sans doute un peu cher, mais si ça permet de gagner en estime de toi, ça vaut le coup.

– Et il y a des risques ?

– Je crois qu'il n'y en a pas tant que ça. La rhinoplastie est devenue une opération très banale.

– Mouais, il faut que j'y réfléchisse, conclut Emma. Je ne suis pas convaincue que ma mère soit prête à claquer plusieurs mois de salaire pour me faire refaire le nez…

26

Vendredi 11 décembre

Aujourd'hui, c'est mon anniversaire. Je suis née un 11 décembre, comme Alfred de Musset, l'auteur de On ne badine pas avec l'amour *et des* Caprices de Marianne. *Et surtout comme mon frère, Tom. J'ai toujours trouvé extraordinaire qu'on soit nés le même jour, lui et moi. Enfin, à trois ans d'intervalle. Le même jour, il faut le faire quand même ! Cette pseudo-gémellité nous a rapprochés un temps – quand nous étions petits, nous fêtions notre anniversaire ensemble –, mais depuis quelques mois, cette complicité a cédé la place à l'indifférence, voire à l'hostilité. On ne s'est jamais aussi mal entendus que depuis la rentrée et ça me rend triste.*

Chaque année, le 11 décembre, on se bat pour être le premier ou la première à souhaiter son anniversaire à l'autre. Vu les circonstances, je ne m'attendais pas à ce que Tom fasse irruption dans ma chambre, mais je n'aurais pas non plus imaginé qu'il réagirait comme ça: quand j'ai toqué à sa porte et que je lui ai souhaité son anniversaire, il m'a répondu du bout des lèvres. Il avait le regard dur, les mâchoires serrées. À croire que cela lui aurait fait plaisir que je passe une mauvaise journée, ou même, je ne sais pas, qu'il m'arrive un truc!

Cette fois, l'heure est grave! Qu'il m'insulte, qu'il se moque de moi, qu'il m'humilie, c'est déjà arrivé et je ne doute pas que ça arrivera encore. D'après ce que me disent les copines, je ne suis pas la seule à avoir des relations orageuses avec mon frère. Généralement, ce ne sont que des mots. Certes, des mots qui font mal, mais prononcés dans la fureur de l'instant; des mots qu'on ne pense pas vraiment et qui sont vite oubliés. En tout cas, moi, je les oublie, je n'en tiens pas rigueur à mon frère. Mais là, il y a autre chose. Qu'est-ce que je lui ai fait qu'il ne me pardonne pas? J'ai beau me creuser la tête, je ne vois pas.

J'ai passé la journée à ruminer ces pensées. Heureusement, à mon retour du lycée, j'ai retrouvé Charbon. Sous mes caresses, il ronronnait comme une chaudière. Impossible de me morfondre avec un tel compagnon!

27

Dimanche 13 décembre

Pour mon anniversaire, hier, j'ai invité mes vieilles copines du collège (Inès, Maya et Amandine) ainsi que mes copines du club théâtre (Océane, Clémence et Léa). À part Océane et Clémence, il n'y avait personne de la classe, ça aurait été compliqué d'en inviter certains et pas d'autres. Et puis, chez moi, il n'y a pas beaucoup de place. Julien, le copain d'Inès, était convié, mais il s'est fait porter pâle, craignant sans doute de se retrouver seul au milieu de toutes ces filles qui discuteraient mecs et fringues. J'avais pensé à inviter Erwan, car je l'apprécie beaucoup, mon

Roméo, mais je ne voulais pas qu'il interprète mal mon invitation. Et puis, comme Julien ne venait pas, je ne lui en ai pas parlé… Bref, nous étions sept.

Au programme de la fête, rien de foufou, mais quand même quelque chose qui sortait de l'ordinaire : un mini-concert. C'est Océane qui en avait eu l'idée. Comme quoi, elle commence à apprécier le piano ! Nous avions décidé de jouer le morceau que nous travaillons ensemble au conservatoire : des pièces pour violoncelle et piano de Robert Schumann. Depuis le temps que les copines me tannaient pour que je leur joue un air de violoncelle... Elles n'avaient encore jamais entendu une seule note ! C'était l'occasion de partager avec elles l'une de mes grandes passions.

Vers 16 heures, nous nous sommes installées dans le salon où trône le piano droit de ma mère. À peine avions-nous joué quelques mesures qu'on a sonné. Maman s'est dirigée vers la porte, sur la pointe des pieds. Malgré la sonnerie, malgré les craquements du parquet, nous avions réussi à rester concentrées. Mais quand j'ai vu entrer Quentin, ça a été une autre histoire. Surtout qu'il est resté planté là, debout, sur le seuil du salon, à nous écouter au lieu de gagner la chambre de Tom. Après un léger flottement, je me suis reprise. Sa présence a même fini par me stimuler.

Tom, qui se demandait ce que Quentin fabriquait, s'est pointé dans le salon. Comme son ami n'avait pas l'air de vouloir bouger, il a assisté à contrecœur à la fin de notre concert. Quand nous nous sommes levées pour saluer notre public, nous avons eu le droit à une ovation. Les filles étaient enthousiastes. Ça devait les changer du rap ou de la pop. Ma mère était ravie.

– Bravo, les filles, c'était magnifique !

Quentin et mon frère se sont fait un check.

– Bon anniversaire en retard !

– Merci, mec !

Océane, qui avait surpris l'échange entre les deux amis, était interloquée.

– Vous êtes nés le même jour ?

– Eh, oui ! À trois ans d'écart.

– C'est incroyable ! a dit Quentin.

– Pas si incroyable que ça, mec.

Tom s'est assuré que sa mère avait quitté la pièce avant de poursuivre :

– Mes parents faisaient l'amour toujours le même jour !

Sa blague est tombée à plat. Il ne devait pas en être très fier. Il a fait signe à Quentin de le suivre, puis ils se sont enfermés dans sa chambre.

Nous sommes retournées dans la mienne et nous avons parlé de choses et d'autres. De théâtre notamment.

– Dans la pièce, je joue le rôle de la nourrice de Juliette, a expliqué Océane à Amandine qui l'interrogeait. Elle me donne du fil à retordre, la petite !

– Et vous ? a demandé Inès en s'adressant à Clémence et Léa.

– Moi, j'interprète le rôle de Mercutio, le meilleur ami de Roméo, mais je me prends un sale coup d'épée. Je meurs au début de l'acte III, a dit Léa.

– Mais c'est un rôle de garçon ?

– On n'avait pas le choix, il n'y a pas beaucoup de personnages féminins dans la pièce, et comme par hasard, nous sommes une majorité de filles dans la troupe !

– Et toi, Clémence ?

– Je joue plusieurs petits rôles. On n'est pas assez nombreux pour que chacun joue un seul et unique personnage ! Mais ça ne me dérange pas, du moment que je peux participer à cette aventure…

Soudain, Maya s'est levée et, tenant un crâne invisible entre les mains, elle s'est mise à déclamer les premiers mots du monologue de Hamlet :

– « To be or not to be, that is the question ». Oh, ça doit être chouette, quand même, de faire du théâtre !

Cette réplique m'a aussitôt fait penser au film de Lubitsch, To be or not to be, *l'un de mes films préférés. Je n'ai pas pu m'empêcher d'en parler aux copines.*

– Le film commence lors de l'invasion de Varsovie par les Allemands. Une troupe de théâtre répète une pièce contemporaine qui parle d'Hitler. La pièce est censurée par les nazis, et les comédiens doivent reprendre Hamlet*…*

– D'où le titre du film, je suppose ? a dit Océane.

– C'est ça. Grâce à leurs costumes de SS, ils se font passer pour des nazis pour aider la Résistance. Tout le film est traité sur le ton de la comédie, et c'est vraiment hilarant. Mais je ne sais plus où je voulais en venir. Ah si, au titre ! À chaque fois que Joseph Tura, un comédien talentueux mais très imbu de lui-même, prononce le début de la tirade de Hamlet, dans le public, un jeune et bel aviateur se lève pour rejoindre dans sa loge l'épouse du comédien, Maria Tura, dont il est un fervent admirateur.

– S'il fallait retenir une réplique de Roméo et Juliette, *a demandé Amandine, ce serait laquelle ?*

– On a l'embarras du choix ! Mais je garderais peut-être cette réplique de Roméo : « J'ai escaladé ces murs sur les ailes légères de l'amour : car les limites de pierre ne sauraient arrêter l'amour. »

– C'est beau ! soupire Amandine.

– Eh, vous imaginez la scène, a dit Clémence. Le jour de la représentation, au moment où Erwan dit sa réplique, un beau garçon, assis dans le public, se lève et file en coulisses retrouver Emma !

On s'est mises à rigoler.

– Le problème, Clémence, c'est qu'à ce moment-là de la pièce, Roméo s'adresse à Juliette. C'est la scène du balcon. Je ne vois pas comment je pourrais m'éclipser alors que je dois donner la réplique à Erwan !

Là-dessus, maman nous a appelées pour le gâteau. Elle avait fait un moka : mon péché mignon ! J'ai soufflé mes seize bougies et les copines m'ont donné leurs cadeaux. Elles s'étaient cotisées pour m'offrir une boîte de maquillage, une petite robe noire et deux paires de collants. Les filles voulaient voir comment la robe m'allait, alors je suis allée me changer dans la salle de bains et Océane m'a rejointe pour m'aider à me maquiller. Je me suis regardée dans la glace et, pour la première fois de ma vie, je me suis trouvée mignonne. La robe m'allait bien, elle me faisait une jolie poitrine. En sortant, j'ai croisé ma mère. Elle n'a pas ouvert la bouche, mais visiblement, elle était contrariée. J'ai vite chassé ces pensées négatives et je suis retournée dans le salon où j'ai été accueillie par un concert de louanges.

– Ta robe te va super-bien, a dit Clémence.

– Oh, les seins que ça te fait ! s'est exclamée Inès avec une pointe d'envie.

– T'es vraiment canon ! a ajouté Maya.

Ça faisait du bien.

Ma mère est entrée pour desservir la table.

– Madame, vous avez vu comme elle est belle, votre fille ! lui a fait remarquer Océane.

– Hum, hum, s'est contentée de répondre ma mère.

Quand elle a quitté la pièce, Océane m'a demandé tout bas :

– Qu'est-ce qu'elle a, ta mère ? Ça la gêne que tu t'habilles un peu sexy ? Pourtant, la robe n'est pas archicourte, et le décolleté pas vertigineux…

– Non, ce n'est pas ça, je t'en reparlerai.

Quand les filles sont parties, ça n'a pas loupé, ma mère s'est approchée de moi et a sorti l'étiquette de ma robe.

– H&M, j'en étais sûre ! Il n'est pas question que tu gardes cette robe, Emma ! Tu vas la rendre à tes copines.

La réaction de ma mère n'était pas surprenante, et elle n'avait rien à voir avec la décence de ma tenue. Il n'y a rien qu'elle exècre autant que la mode et les chaînes de fringues comme celle où les filles avaient acheté ma robe. Savoir qu'elle avait été fabriquée en Chine avec des textiles bas de gamme, hyper-polluants, par une main-d'œuvre payée au lance-pierre, et vendue à grand renfort de marketing, pour être portée à peine quelques semaines, ça lui donnait des boutons. Et des gros !

– Non, il n'est pas question que je leur rende.

C'est la première fois que je tenais tête à ma mère. Ça m'a beaucoup affectée. Et en même temps, je dois reconnaître que ça m'a soulagée. À force d'être d'accord sur tout avec elle, d'avoir les mêmes goûts, les mêmes opinions, je finissais par me poser des questions sur ma santé mentale. Me voilà rassurée !

28

Le vendredi 18 décembre, le jour tant attendu – et tant redouté ! – du rendez-vous qu'Emma et Quentin se sont fixé, arrive. C'est aussi le dernier jour de cours avant les vacances de Noël. En poussant la porte des Oiseaux, le café où elle doit retrouver Quentin, Emma pense à ce vers de Cyrano : « Ce nez qui d'un quart d'heure en tout lieu me précède. » « Bah, mon nez n'est pas aussi long, se dit-elle. Il n'est arrivé qu'une poignée de minutes avant moi ! »

L'établissement doit certainement son nom aux planches naturalistes représentant des oiseaux accrochées un peu partout aux murs du café. « Est-ce un repaire d'ornithologues ?

se demande Emma. Et est-ce de bon augure que deux tourtereaux s'y rencontrent ? »

Le café n'est ni trop loin ni trop près du lycée : ils devraient être tranquilles, tous les deux, à l'abri des regards indiscrets. La situation est déjà bien assez stressante comme ça, la présence d'autres élèves lui ferait perdre tous ses moyens ! Emma s'installe à une table au fond, près de la baie vitrée. Ce matin, en prévision de cette rencontre, elle a enfilé en douce la robe de ses copines qu'elle avait planquée dans le hall de l'immeuble, sous l'escalier : sa mère n'y a vu que du feu !

Ce rendez-vous lui rappelle irrésistiblement celui de *The Shop around the Corner*, ce film de Lubitsch qu'elle aime tant : Klara Novak, une jeune vendeuse, a rendez-vous avec le jeune homme avec qui elle entretient depuis quelque temps une correspondance amoureuse. Pour qu'ils se reconnaissent, elle lira ostensiblement *Anna Karénine*, de Tolstoï, tandis que lui portera un œillet à sa boutonnière.

C'est d'ailleurs à cause de ce film qu'Emma a proposé de prendre un livre, comme signe de reconnaissance, et celui qu'elle a choisi, c'est *Cyrano de Bergerac*, bien sûr. Elle espère toutefois que la comparaison avec le chef-d'œuvre de Lubitsch s'arrêtera là, car dans le film, ce rendez-vous est un fiasco : le chef de Klara fait irruption au café et lui casse son plan. Enfin, à ce moment-là, c'est ce qu'elle croit…

Elle sort le livre de son sac et commande un thé. Quelques minutes plus tard, quand la serveuse lui dépose son *earl grey* sur la table, elle repense à la tirade du nez : « Mais il doit tremper dans votre tasse : Pour boire, faites-vous fabriquer un hanap ! »

Quelle va être la réaction de Quentin en découvrant son identité ? La surprise, certainement, mais peut-être aussi la déception… ou le dégoût ! Elle a tellement peur qu'il ne lui rie… au nez.

L'aimerait-il même laide ? Les garçons sont-ils capables, comme les filles – ou plutôt certaines filles –, de mettre le physique de côté ? Rien n'est moins sûr. Elle se rappelle ce que dit frère Laurent à Roméo dans l'acte I (Roméo a oublié Rosaline à la seconde même où il a aperçu Juliette) : « Ah, l'amour des jeunes gens n'est pas vraiment dans le cœur, il n'est que dans les yeux. » Quentin est-il de ceux-là ? Qu'arrivera-t-il lorsqu'il se retrouvera… nez à nez avec elle ?

De nouveau, les doutes l'assaillent. Que faire ? Soudain, elle aperçoit Quentin. Son amoureux longe le café et se dirige à grands pas vers la porte. C'est vraiment un beau gosse ! « Observez toutes les grâces qu'y a tracées la plume de la beauté. Examinez ces traits si bien mariés, et voyez quel charme chacun prête à l'autre », dit Lady Capulet à propos du jeune Pâris, le rival de Roméo. Des mots qui vont si bien à Quentin...

Par réflexe, Emma dissimule le livre dans son sac. Se dévoiler à lui, là, maintenant, tout de suite, est au-dessus de ses forces !

Quentin entre. Il regarde sa montre. Il a quelques minutes de retard. Il jette un œil autour de lui, il n'y a pas grand monde. En tout cas, pas de blonde à l'horizon, à part Emma Doucet, qu'il aperçoit au fond du café. Il lui fait un petit signe avant de s'approcher. Emma panique : elle doit vite trouver un prétexte pour justifier sa présence aux Oiseaux à cet instant précis.

– Salut, Emma, qu'est-ce que tu fais là ?

Quentin regarde Emma et, à son grand étonnement, il la trouve jolie. Ce n'est pas qu'il la trouvait moche jusqu'ici, c'est plutôt qu'il ne l'avait jamais vraiment regardée. En tout cas, pas sous cet angle : pas comme une fille qui pourrait l'intéresser... Probablement parce que c'est la sœur de Tom.

– J'attends quelqu'un. Et toi ?

– Moi aussi. Tu as rendez-vous avec une copine ? demande-t-il.

– Non, avec un copain. Qui sait, peut-être même mon futur petit copain ? Je croise les doigts !

Emma regrette aussitôt ses paroles. Qu'est-ce qui lui a pris de dire ça ? Déjà qu'elle n'avait guère de chances de taper dans l'œil de Quentin, elle n'avait pas besoin d'ajouter qu'elle était maquée !

– Ah !

Bien que Quentin n'ait pas de vues sur Emma, il est un peu déçu. « A-t-elle changé quelque chose à sa coiffure ? se demande-t-il. Ou alors, est-ce le maquillage ? » Il ne se rappelle pas l'avoir déjà vue maquillée…

– Ça t'étonne ?

En même temps, se dit Emma, évoquer un garçon qui la drague ne la rend-elle pas plus désirable ? De toute façon, le mal est fait.

– Non, je disais ça comme ça, répond Quentin.

C'est plutôt la tenue, tranche-t-il. Sa robe lui fait quand même une sacrée poitrine. Avec les sweats qu'elle porte d'habitude, ça ne l'avait pas frappé, mais là, ses seins lui sautent aux yeux, comme deux gros poissons qui jaillissent hors de l'eau. « Eh, mec ! se reprend-il, ce n'est pas le moment de s'égarer dans le décolleté d'Emma, tu as rendez-vous avec ton inconnue ! »

– Et toi, tu retrouves une fille ? demande Emma, le plus innocemment du monde.

C'est le moment idéal pour le faire parler…

– Oui.

– Elle est comment ?

– C'est une fille intelligente, curieuse. Elle a beaucoup d'humour…

– Elle est moche ?

– Hein ? Pourquoi tu dis ça ?

– Ben, généralement, quand un garçon ne parle pas du physique d'une fille mais de son sens de l'humour, c'est qu'elle n'est pas super bien foutue…

– Tu dis n'importe quoi, se vexe Quentin, ma copine est canon !

Canon, qu'est-ce qu'il en sait, Quentin ? Et puis, parler de sa petite amie alors qu'il ne l'a encore jamais rencontrée, qu'il ne sait pas si ça peut coller entre eux… ce n'est pas raisonnable, monsieur Lemoigne !

– Bon, bon, ne te fâche pas. Elle est comment ? Blonde, brune, rousse ? Petite, grande ?

Emma joue un peu avec lui. Quentin va-t-il s'enfoncer ? Quels mensonges va-t-il encore lui servir ?

– Quoi ? Tu ne sais pas la décrire ? insiste-t-elle.

– Bien sûr que si... Elle est... Mais qu'est-ce que ça peut te faire, d'abord ?

– Il faut bien que je sache à quoi elle ressemble pour te l'envoyer, si jamais je la vois entrer...

De quoi elle se mêle, Emma ? Ça ne plaît pas du tout à Quentin.

– Je peux très bien me débrouiller tout seul, merci ! dit-il d'un ton cassant.

Emma s'en veut de l'avoir titillé.

Quentin tourne les talons et s'installe à son tour à une table pour attendre son amoureuse. Il pensait qu'elle serait déjà là. Pourvu qu'elle vienne ! La serveuse passe prendre la commande.

– Un café, s'il vous plaît.

À plusieurs reprises, la porte du café s'ouvre. Entrent successivement un jeune couple, un trio de lycéens – Quentin les connaît de vue – qui s'installent devant le flipper, un petit vieux qui prend place sur un tabouret au comptoir… Enfin, se présente une blonde ravissante qui s'assied à la table voisine, sans lui prêter attention. Si c'est elle, « sa belle inconnue », il est béni des dieux, car elle serait aussi sexy qu'elle est intelligente et sensible !

La fille regarde la pendule au-dessus du comptoir et sort un livre de son sac. Quentin n'arrive pas à voir le titre. Comme elle ne semble pas décidée à prendre l'initiative, il décide de l'aborder.

– Tu lis quoi ? demande-t-il en se penchant vers elle.

Elle lève la tête lentement et plante ses yeux dans les siens.

– Un livre qui s'appelle *Comment se débarrasser des emmerdeurs*. Tu connais ?

– Euh…

Quentin est d'abord décontenancé, puis il se met à sourire : il s'est fait moucher.

– Je suppose que c'est de l'humour. C'est quoi, le vrai titre ?

Il se penche pour regarder la couverture. Il lit tout haut :

– *Je voudrais que quelqu'un m'attende quelque part*, d'Anna Gavalda.

Quentin ne se démonte pas. Elle a peut-être changé d'avis pour le livre…

– J'ai une bonne nouvelle, lui annonce-t-il. Tu n'auras pas à aller bien loin, je t'attends à la table d'à côté.

– Alors tu risques d'attendre longtemps, répond-elle, visiblement agacée. Moi, c'est mon copain que j'attends, si tu veux savoir. Il fait de la boxe et c'est un jaloux !

Quentin a reçu le message cinq sur cinq.

Il patiente encore quelques minutes. Pour passer le temps, il commande un autre café.

– De la boxe, mon œil ! grommelle-t-il à l'attention de sa voisine.

Mais la fille est absorbée par sa lecture.

Tout à coup, Quentin se rend compte que le café comporte un étage et il reprend espoir. Si ça se trouve, son amoureuse l'attend là-haut depuis un moment. Il se lève. En passant devant la blonde qui l'a probablement baratiné, il ne résiste pas à lui lancer une pique.

– Dis donc, il est drôlement en retard, ton copain !

– Oui, tu as de la chance ! lui répond-elle sans lever les yeux de son livre.

Quentin se dirige vers l'escalier en colimaçon et grimpe à l'étage. La salle est quasiment vide. Il y a bien une fille qui tapote sur son ordinateur, mais elle n'est pas franchement blonde, et si elle est en première, c'est qu'elle a dû redoubler trois ou quatre fois !

Il redescend, commande un nouveau café au comptoir et se rassied.

Cette fois, un garçon est assis face à la blonde. Il semble assez costaud. Suffisamment pour lui mettre une bonne raclée s'il en a envie. Elle ne lui avait pas raconté de bobards, finalement !

Deux lycéennes, une blonde et une brune, entrent et vont s'asseoir un peu plus loin. La brune s'éclipse pour aller aux toilettes. La blonde se plonge dans son Smartphone. Régulièrement, elle lève les yeux pour regarder Quentin. Il s'attend à ce qu'elle sorte un livre, mais rien ne se passe. Sa copine ne va pas tarder à revenir. Quentin se lève et va la trouver. Il veut en avoir le cœur net.

– On se connaît ?

– Vite fait.

– Comment ça ?

– Ben, je crois qu'on est dans le même lycée.

– Pourquoi tu me matais comme ça ?

– Je ne te matais pas particulièrement.

– Ah bon ? Dans ce cas, désolé de t'avoir dérangée.

– Pas de souci.

Peu après, sa copine s'assied en face d'elle. Les deux filles se mettent à glousser en lui jetant des regards en coin.

« Ce n'est pas ma journée », soupire Quentin.

Il regarde la pendule. Il est 17 h 30. Son amoureuse ne viendra plus, il ferait mieux de s'en aller. À moins qu'elle soit passée, qu'elle l'ait vu en compagnie d'une des filles qu'il a abordées… et qu'elle soit partie, de peur de se montrer importune ! Ou alors, il n'était pas à son goût et elle n'a même pas daigné entrer !

De son côté, Emma n'a pas quitté Quentin des yeux. Elle l'a vu s'agiter sur sa chaise, se retourner à plusieurs reprises vers la porte et soupirer, le cœur gros… Elle l'a vu aborder plusieurs filles, engager la conversation… et se faire jeter, le pauvre chéri ! Elle voudrait rire, mais ça n'a rien de drôle. Car pas un instant, Quentin n'a imaginé qu'elle puisse être la fille des mails. Il faut dire qu'elle ne lui a pas facilité la tâche : si elle blonde, elle n'est pas en première, comme elle lui a dit, et surtout, elle n'a pas sorti son exemplaire de *Cyrano de Bergerac*.

Une demi-heure plus tard, Quentin cherche Emma des yeux pour lui dire au revoir, et s'excuser de s'être un peu emporté, mais l'oiselle s'est envolée.

29

Samedi 19 décembre

Mon rendez-vous aux Oiseaux est un échec cuisant !

Comme dans The Shop around the Corner, *mais pas pour les mêmes raisons.*

Malgré ma présence suspecte au café, ça n'a pas effleuré Quentin que je puisse être la fille qu'il recherchait : cette blonde aux yeux bleus dont il est tombé amoureux. Tout comme Roxane ne peut imaginer que les lettres enflammées qu'elle a reçues, surtout la dernière, encore tachée du sang de Christian, puissent être l'œuvre de son cousin Cyrano.

Quentin n'a aucun nez, et moi, j'en ai trop !

C'est rageant, car j'ai entendu de sa bouche qu'il l'aimait. Elle, la fille des mails (une fille « canon », a-t-il affirmé).

Mes derniers espoirs de concrétiser cette relation se sont évanouis. Jamais je ne pourrai accepter un autre rendez-vous avec lui. Notre chance est passée. Ça me mine le moral, mais je dois être lucide : nous ne sommes pas faits l'un pour l'autre, ça se voit comme mon nez au milieu de la figure. Tout ce qu'on gagnerait à poursuivre cette relation numérique, c'est de souffrir davantage. Plus on s'obstinera, plus la douleur sera forte.

« L'amour, dit Roméo au début de la pièce, est une fumée de soupirs ; dégagé, c'est une flamme qui étincelle aux yeux des amants ; comprimé, c'est une mer qu'alimentent leurs larmes. »

Je dois renoncer à mon amour, à mon plan Q. Mais je n'ai aucun regret. Grâce à Quentin, un homme au moins, sera passé dans ma vie…

Il ne me reste plus qu'à lui dire adieu.

30

Dans la soirée qui suit le rendez-vous manqué, Emma reçoit un mail de Quentin.

Ma belle inconnue,

Je t'ai attendue au café, mais je ne t'y ai pas vue.

As-tu oublié notre rendez-vous ? As-tu changé d'avis ?

J'ai hâte de te lire !

Emma commence par lui écrire qu'elle l'a vu en charmante compagnie et qu'elle n'a pas osé l'importuner. S'ils étaient les protagonistes de *The Shop around the Corner*, Emma et

Quentin reprendraient alors leur correspondance et, d'ici à quelques semaines, ils se donneraient un nouveau rendez-vous. Mais Emma a bien réfléchi, il vaut mieux, pour tous les deux, en rester là. C'est ce qu'elle essaye de lui expliquer dans sa réponse.

Mon cher amour,

Je suis allée au café, je t'ai observé depuis la rue : tu étais assis en face d'une jolie fille, près de la fenêtre, et je n'ai pas voulu te déranger. Après tout, je ne connaissais pas tes intentions par rapport à elle…

Mais ce n'est pas à cause d'elle que je ne suis pas entrée. Tout à coup, j'ai compris que notre rencontre n'était pas une bonne idée, pas plus que ne le serait la poursuite de nos échanges de mails. Car je sais maintenant qu'ils ne nous mèneraient nulle part.

Mais je ne regrette rien : notre histoire d'amour virtuelle est la meilleure chose qui me soit arrivée.

J'espère que tu me comprendras.

Un autre mail de Quentin suit, qu'Emma ne lit pas. Mieux vaut couper les ponts. Quitte à être un peu brutale. Elle espère que Quentin se résignera.

Jusqu'au Nouvel An, elle reçoit encore des mails. Mais de moins en moins longs. De plus en plus espacés. Emma ne consulte plus sa messagerie. Bientôt, elle ne parle plus de Quentin dans son journal intime.

31

Le premier lundi de janvier, Emma est impatiente de retrouver les planches. Pendant les fêtes, le théâtre lui a manqué ! Enfin, elle n'a pas complètement décroché puisqu'elle a mis à profit les vacances pour finir d'apprendre son rôle, et en particulier la scène du balcon, qu'elle doit répéter ce soir-là. Pour la première fois, elle porte ses lentilles. Ses détracteurs en seront pour leurs frais, se dit-elle.

C'est une grosse erreur d'appréciation, car Pierre et Nathan s'approchent d'Emma et débitent devant elle le petit texte qu'ils ont visiblement préparé :

– Pierre, regarde qui pointe… le bout de son nez !

– Dire qu'à cause d'Emma, Ambre a vu le rôle de Juliette lui passer… sous le nez.

Pour dire des méchancetés, ces deux ennemis jurés dans la pièce, Capulet et Montaigu, s'entendent comme larrons en foire. Emma les regarde et les écoute, stupéfaite. Presque trois mois ont passé, et ils en sont encore là ? Le pire, c'est qu'ils ont prémédité ces paroles. Tant de méchanceté, ça la dépasse !

– Ambre aurait interprété Juliette… les doigts dans le nez.

– Il faut croire que les profs ont attribué le rôle… au pif.

– Quant à Emma, il ne fait pas de doute qu'elle va… se casser le nez.

Pierre et Nathan, qui ne se sont pas aperçus que les professeurs étaient arrivés, continuent de plus belle.

– Pour la représentation, ça sent le four… à plein nez !

M. Machin a laissé les garçons terminer leur sketch mais il est furieux !

– Vous n'avez pas honte ? Vous n'arrivez pas à la cheville de votre camarade et vous vous permettez de la critiquer. Je crois rêver !

Pierre et Nathan sont dans leurs petits souliers.

– Il les a bien mouchés, ces deux-là ! murmure Emma à Léa.

– Oui, ça leur pendait au nez.

– Je crois que Pierre et Nathan ont bien raison…

– À propos de quoi ?

– C'est bon d'être méchant, parfois !

Dans cette ambiance délétère, la répétition promet d'être catastrophique. Pourtant, Erwan et Emma parviennent à oublier ces contrariétés pour porter le magnifique texte de Shakespeare.

– « J'ai escaladé ces murs sur les ailes légères de l'amour : car les limites de pierre ne sauraient arrêter l'amour, et ce que l'amour peut faire, l'amour ose le tenter ; voilà pourquoi tes parents ne sont pas un obstacle pour moi.

– S'ils te voient, ils te tueront.

– Hélas ! il y a plus de péril pour moi dans ton regard que dans vingt de leurs épées : que ton œil me soit doux, et je suis à l'épreuve de leur inimitié. »

Magique !

32

Dimanche 10 janvier

La dispute avec ma mère, lors de mon anniversaire, a eu du bon. Maman a fini par reconnaître qu'elle avait exagéré en me demandant de rendre la robe noire, et que je ne pouvais pas continuer à m'habiller uniquement avec les fringues de ma cousine.

Elle n'est pas opposée à l'idée de m'acheter de nouveaux vêtements, mais reste intraitable à propos des boutiques qui vendent ces vêtements « jetables ». Quant à m'acheter des vêtements de marque, elle n'en a pas les moyens. C'est Océane qui a réussi à débloquer la situation grâce à ses adresses de friperies. Maman ne peut qu'adhérer au principe de ces boutiques qui offrent une seconde vie aux vêtements et proposent à leurs clients des articles de bonne facture à des prix raisonnables. Si en plus, ça peut faire le bonheur de sa fille, il n'y a pas à hésiter !

Hier après-midi, avec l'argent de maman et sa bénédiction, j'ai rejoint Inès et Océane et nous sommes allées faire du shopping. Objectif : relooking total. Après trois heures d'essayages non-stop, je suis rentrée avec les jambes en compote et deux gros sacs. Je ne pensais pas que ça me plairait autant. Il faut dire que nous nous sommes bien amusées, toutes les trois !

De retour à l'appartement, j'ai sorti de mon placard les vieilles nippes de ma cousine – maman a dit qu'on les donnerait à une association – et je les ai remplacées par les bonnes affaires du jour. Je suis trop contente de ma nouvelle garde-robe !

Je me suis demandé pourquoi maman ne fréquentait pas les friperies, mais la réponse est évidente : elle ne s'achète jamais de vêtements. Ceux qu'elle possède lui suffisent, elle n'a jamais eu ni le besoin ni l'envie d'en acheter d'autres. Et tous les trente-six du mois, si elle étrenne une nouvelle robe, c'est parce que sa sœur lui en a fait cadeau : elle a pris l'habitude de lui donner les vêtements qu'elle ne met plus. Ce n'est pas un hasard si j'ai moi-même hérité des vêtements de ma cousine !

J'ai proposé à ma mère de m'accompagner dans une friperie, à l'occasion. Elle n'a pas dit non.

33

Un mois a passé. Un jeudi, après le lycée, Quentin entre à la Fnac pour regarder les DVD. En traversant le magasin, il aperçoit Emma au rayon musique. Il hésite à faire un détour pour aller lui parler, mais il poursuit son chemin.

Quelques minutes plus tard, une fois qu'il a trouvé son bonheur, il repasse par le rayon. Emma est toujours là. Cette fois, il s'approche d'elle.

– Salut, Emma.

Cela fait des semaines qu'elle ne l'a pas vu et qu'elle fait de gros efforts pour ne pas penser à lui. Mais maintenant qu'il lui fait face, elle se sent troublée.

– Salut, Quentin, comment ça va ?

– Moyen...

– Qu'est-ce qu'il y a ?

Quentin regarde à droite et à gauche. Personne en vue. Il se lance :

– « J'ai la rate qui s'dilate, j'ai le foie qu'est pas droit, j'ai le ventre qui se rentre… »

Emma sourit.

– Qu'est-ce que tu racontes ?

– « J'ai l'pylore qui s'colore, j'ai l'gosier anémié, l'estomac bien trop bas, et les côtes bien trop hautes… »

Devant la tête ahurie d'Emma, Quentin éclate de rire.

– C'est une chanson des années 1970, je suis tombé dessus sur Youtube... J'ai trouvé ça tellement drôle que je me suis amusé à apprendre le début par cœur.

– Je croirais entendre mon frère. Dans le genre hypocondriaque, on ne fait pas mieux !

– C'est vrai, il a toujours un pet de travers, celui-là !

– À te voir si joyeux, ça n'a pas l'air d'aller si mal…

– Ben si, justement.

Quentin prend soudain un air grave.

– Tu te rappelles notre rencontre aux Oiseaux ?

– Si je me souviens bien, tu avais rendez-vous avec ton amoureuse…

– C'est ça. Mais elle n'est jamais venue.

– Non ? Ce n'est pas possible !

« Qu'est-ce ce que je joue bien la comédie ! se dit Emma. Mes cours de théâtre m'ont profité ! »

– Si, hélas. Après ce rendez-vous manqué, elle m'a envoyé un mail pour s'excuser de ne pas s'être montrée.

– J'espère qu'elle avait une bonne excuse !

– En fait, elle est venue jusqu'au café, mais voyant que je discutais avec une belle nana, elle n'a pas osé entrer. Tu vas rire, poursuit-il, cette nana, c'était toi !

– Moi, cette belle nana ?

– Qui d'autre ?

Ainsi, qu'elle puisse être « belle » ne le choque pas… C'est à peine croyable ! Serait-elle tombée sur un nasophile radical que les grands nez font triper ?

– Mais dans ce mail, dit Quentin, elle m'expliquait aussi que notre amour était voué à l'échec. Bref, qu'il valait mieux en rester là.

Emma se rappelle chaque mot de son mail. Elle pourrait le citer de mémoire. Comme Cyrano, qui se meurt, lorsqu'il feint de lire la dernière lettre d'amour qu'il a adressée à Roxane, prétendument écrite par Christian, alors qu'il la récite, dans la lumière déclinante. Roxane comprend trop tard que c'est lui, Cyrano, qu'elle a toujours aimé !

– Je lui ai envoyé plusieurs mails, poursuit Quentin, mais elle ne m'a plus jamais répondu.

Pour la première fois, Emma se demande si elle a eu raison de mettre un terme à leur correspondance. Leur a-t-elle seulement laissé une chance ?

– Et depuis le temps, tu ne l'as pas encore oubliée ?

– Non. J'ai essayé, bien sûr. Je suis sorti avec d'autres filles…

Emma accuse le coup. Mais à quoi s'attendait-elle ? N'a-t-elle pas rendu sa liberté à Quentin ? Malgré tout, elle est jalouse de ces filles.

– Ça n'a pas marché, ajoute-t-il. Je n'arrêtais pas de penser à elle. Et à l'heure qu'il est, je n'arrive toujours pas à me la sortir de la tête !

« Tout n'est pas encore perdu », se dit Emma.

– Tu as essayé de la retrouver ?

– À quoi bon, je sais à peine à quoi elle ressemble !

– Comment ça ?

– Eh bien, je ne t'ai pas tout dit. Elle et moi, on ne s'est jamais vus... C'est à son livre, *Cyrano de Bergerac*, que je devais la reconnaître. Tout ce que j'ai, c'est une description d'elle, mais bien trop vague pour que je puisse mettre un visage dessus. Sans compter que son portrait ne correspond peut-être pas à la réalité. Rien ne m'assure qu'elle est blonde ou qu'elle est en première.

– Dans ces conditions, ça paraît compliqué de la retrouver...

– Ma seule chance, c'est qu'elle reprenne contact avec moi. Mais je n'y crois pas trop. Pourquoi est-ce qu'elle changerait d'avis maintenant ?

« Et pourquoi pas ? » songe Emma. Malgré ses mails enflammés, elle ne pensait pas que Quentin était mordu à ce point. Le voir aussi désespéré lui fend le cœur. Elle voudrait le réconforter, le prendre dans ses bras, le couvrir de baisers. Elle voudrait lui dire son amour, tout lui raconter... Mais elle est incapable d'un tel élan. La peur du ridicule la paralyse : elle ne peut esquisser le moindre geste. Comme si ses pieds et ses mains étaient chaussés et gantés de plomb. Malgré toute cette agitation intérieure, son visage reste impassible et sa voix ne tremble pas lorsqu'elle reprend la parole.

– Tu as l'air bien accro. Je suis désolée pour toi.

– Ouais, c'est la première fois que je ressens quelque chose d'aussi fort. Mais assez parlé de moi ! Et toi, comment ça va ?

– Bien. La date de la représentation de *Roméo et Juliette* se rapproche à grands pas. Je suis à fond !

– J'ai hâte de voir la pièce.

– Tu viendras ?

– Je ne peux pas rater ça !

S'ensuit un silence un peu embarrassant. Quentin pourrait se diriger vers les caisses, mais il a envie de prolonger encore la discussion. « Emma est une fille chouette, se dit-il. Et mignonne, ça ne gâte rien. »

– Qu'est-ce que tu as repéré ? lui demande-t-il en montrant les disques.

Ça doit être la seule fille de son âge qui achète encore des CD ! C'est marrant, lui aussi, il a du mal avec les albums ou les films dématérialisés.

– Du classique.

La seule aussi qui écoute de la musique classique !

– C'est vrai, tu joues du violoncelle...

– Oui, je pense acheter les sonates pour violoncelle et piano de Beethoven. J'ai trouvé une version par Rostropovitch et Richter.

« Rostropovitch, se demande Quentin, c'est bien le violoncelliste russe qui avait joué sur les décombres du mur de Berlin en 1989 ? »

– On veut essayer de jouer une de ces sonates avec ma copine Océane.

– Ah oui, la belle rousse avec qui tu traînes au lycée, celle qui t'accompagnait au piano, le jour de ton anniversaire…

– C'est ça.

– Je ne connaissais pas son prénom…

Mince alors ! Il veut son 06, aussi ? Il ne manquerait plus que Quentin soit intéressé par Océane. S'il sortait avec elle, Emma ne s'en remettrait pas !

– Et toi ? Qu'est-ce que tu as trouvé ?

– *La Folle ingénue*, d'Ernst Lubitsch, dit-il après avoir vérifié le titre.

Encore une histoire d'amour impossible entre un homme et une jeune femme que tout sépare : Cluny Brown, une fille de plombier qui n'aime rien tant que les éviers bouchés et sait dompter les tuyaux, et Adam Belinski, un écrivain en exil.

– Ah, j'adore ! Maurice Chevalier est énorme dans ce film !

Aussitôt, elle regrette de s'être montrée si enthousiaste. Il pourrait faire le rapprochement…

– Tu aimes Lubitsch ? Moi, je découvre à peine ses films. C'est mon amoureuse qui était fan des comédies américaines. Du coup, quand je regarde un film de Capra, de Wilder ou de Lubitsch, au moins, je me sens proche d'elle.

Emma est sous le choc. Décidément, il est bien atteint !

34

Le lendemain soir, Océane fête son anniversaire. Elle a organisé une soirée. Dans la salle de bains, Emma achève de se maquiller. Un peu de mascara sur les cils, pour mettre ses yeux en valeur, et un peu de blush sur les pommettes, pour lui donner bonne mine. Rien de plus.

Aussi étonnant que cela puisse paraître, c'est la première fois qu'elle va à une « soirée ». Jusque-là, elle s'était toujours arrangée pour décliner les invitations. Et cela, pour deux bonnes raisons. Premièrement, elle n'écoutait pas le genre de musique qu'aiment ses camarades et aurait été incapable de danser dessus. Deuxièmement, elle était trop complexée pour « pointer son nez » dans une soirée où il y avait des garçons. À coup sûr, personne ne l'aurait draguée, et elle en aurait été mortifiée. Bref, jusqu'ici, elle avait fui les soirées comme la peste.

Cette fois, c'est différent... Sous l'influence d'Océane, elle s'est ouverte à d'autres genres musicaux. Au fil des mois, son amie lui a donné quelques cours de rattrapage, et malgré ses lacunes, elle peut désormais faire illusion. Elle n'aime pas le rap, mais à sa grande surprise, elle apprécie certains morceaux de pop ou de rock. Et surtout, elle se sent beaucoup mieux dans sa peau. Elle a pris conscience que le regard des garçons sur elle avait changé : si certains restent gênés par son grand nez, d'autres lui trouvent du charme, ou au moins apprécient ses formes. Si elle n'est pas, et ne deviendra jamais, un cygne majestueux, elle n'est plus le vilain petit canard qu'on montrait du doigt de façon méprisante. Nul doute que son changement de look y a largement contribué, et elle ne remerciera jamais assez ses amies pour cela.

Emma se fait donc une joie d'aller à la soirée d'Océane et de fêter son anniversaire. Elle retrouvera entre autres ses copains et ses copines du club théâtre. Océane a même invité Inès et Julien. Ce qui l'ennuie, en revanche, c'est la présence d'Erwan. Il lui a fait savoir par son copain Louis qu'il aimerait sortir avec elle, elle en a été surprise et flattée et elle a donné une réponse de Normande : elle ne dit pas non, mais elle ne dit pas oui pour autant. Il faut avouer que la situation s'est beaucoup compliquée depuis qu'elle a croisé Quentin à la Fnac. Elle s'est rendu compte qu'elle est toujours amoureuse de lui, et qu'il y a une chance, même infime, que leur histoire se concrétise.

La soirée a lieu dans une grande pièce à demi enterrée, débarrassée de ses meubles. Seuls demeurent un vieux canapé qui ne craint pas grand-chose et quelques chaises. Dans un coin, une planche montée sur des tréteaux et recouverte d'une nappe en papier fait office de bar : jus de fruits, sodas, chips et autres biscuits apéritif, bonbons à gogo… Il y a tout ce qu'il faut !

– Je te sers un verre ? lui demande Erwan qui, dès son arrivée, lui a mis le grappin dessus.

– Je veux bien, dit Emma. Du jus d'orange, s'il te plaît.

– J'aime beaucoup la façon dont tu es habillée.

Emma porte une ravissante minijupe à carreaux écossais avec un petit pull noir, moulant, et des bottines.

– Merci, c’est gentil.

Après avoir trinqué avec Erwan, elle porte le verre à ses lèvres.

– Mais il y a de l’alcool ! remarque-t-elle en faisant la moue.

– Chut, les parents d’Océane ne sont pas au courant ; on en a versé dans des bouteilles de soda à moitié vidées : ni vu ni connu !

– C’est quoi ? demande-t-elle.

– De la vodka.

– Ce n’est pas mauvais, avec du jus d’orange.

Emma cherche Inès. Elle n’a pas envie de se retrouver seule avec Erwan. Pas maintenant. Quand leurs regards se croisent, elle esquisse un haussement de sourcils qu’elle espère aussi éloquent pour Inès que discret pour Erwan.

– Il y a aussi du gin tonic ou du whisky-coca…

S’il comptait profiter de ce moment pour draguer Emma, Erwan en est pour ses frais car Inès l’entraîne à l’écart.

– Je te l’emprunte deux minutes, lui dit-elle.

Emma est soulagée qu’elle ait reçu son signal de détresse.

– Je croyais que tu étais décidée à sortir avec Erwan.

Aussitôt, Océane les rejoint : elle ne veut pas rater les dernières révélations d’Emma.

– Ça, c'était en début de semaine, mais depuis, j'ai revu Quentin. On s'est croisés à la Fnac, hier. Je n'ai pas eu le temps de vous en parler.

– Et ? demandent Océane et Inès en chœur.

– Et je ne sais plus où j'en suis, soupire Emma. Je crois qu'avec Quentin, il y a peut-être une ouverture… J'ai besoin de vos conseils, les filles !

– Tu es en train de nous annoncer le grand retour d'amoureuse94 ? s'exclame Inès.

– Je n'y ai pas encore réfléchi… Ce qui est sûr, c'est que Quentin est vraiment malheureux.

– Et Erwan, tu as pensé à lui ? demande Océane.

Emma jette un œil vers le bar, mais Erwan, lassé de l'attendre, a rejoint la bande des théâtreux.

– Oui, je sais. C'est horrible. Dans quelle situation je me suis fourrée !

– Attends, tu ne vas pas me faire pleurer, Emma ! relativise Océane. Il y a quand même pire que d'avoir plusieurs garçons à ses pieds : n'en avoir aucun, parole de célibataire !

– Qu'est-ce que je dois faire ?

– Moi, je sortirais avec Erwan, répond Océane, puisque tu l'as sous la main…

– Et moi, dit Inès, je ne ferais rien avant de savoir à quoi m'en tenir avec Quentin, puisque tu l'aimes depuis toujours.

– Oh, vous m'aidez vachement, les filles !

Emma est bien avancée : Inès, son petit ange intérieur, la voix de la raison, et Océane, son petit démon qui la pousse à céder à ses pulsions, se sont neutralisées !

Quelques minutes plus tard, Océane décide qu'il est temps de se « décrasser » les oreilles et de se dégourdir les jambes.

– Et maintenant, on danse ! s'écrie-t-elle. Fais péter la sono, Julien !

Le copain d'Inès a accepté de s'occuper de la musique. Océane éteint la lumière et allume la boule à facettes.

– C'est parti !

Aussitôt, une dizaine de filles déchaînées se ruent sur la piste tandis que la plupart des garçons en profitent pour aller prendre l'air ou consulter leur portable. Emma gagne tranquillement une des places qui s'est libérée sur le canapé. Erwan et Louis viennent s'asseoir à côté d'elle. Hélas pour Erwan, il est dit qu'il n'arrivera à rien ce soir-là, car Océane, Léa et Clémence viennent les tirer tous les trois par le bras :

– Allez, ne faites pas les rabat-joie, dit Léa. Venez danser !

– Pour me faire plaisir, ajoute Océane.

– « Non, croyez-moi : vous avez tous la chaussure de bal et le talon léger : moi, j'ai une âme en plomb qui me colle au sol et m'ôte le talent de remuer. »

– Eh, mais c'est ma réplique ! s'écrie Erwan. Acte I, scène IV.

Emma éclate de rire.

– J'étais sûre qu'on allait danser. Comme il me fallait une excuse, j'ai appris par cœur ta réplique !

Les filles n'insistent pas et retournent sur la piste.

Peu après, elles reviennent à l'assaut. Emma tient bon. Elle va se servir un verre de vodka-orange, puis un autre de whisky-coca. Bientôt, elle ne peut plus refuser de suivre ses copines. Désinhibée par l'alcool, elle esquisse alors ses premiers mouvements de danse. Si on peut appeler ça de la danse !

Une heure plus tard, Emma est de nouveau sur le canapé, à moitié pompette, et Erwan se tient à côté d'elle, prêt pour sa grande scène. Pour séduire Emma, il a décidé d'emprunter les mots de Shakespeare. Il connaît son texte par cœur, ça serait dommage de ne pas en profiter.

– « Oh ! vas-tu donc me laisser si peu satisfait ? »

Emma a reconnu une des répliques de Roméo dans la scène du balcon. En un clin d'œil, elle se glisse dans la peau de Juliette.

– « Quelle satisfaction peux-tu obtenir cette nuit ? »

Emma a du mal à articuler. L'alcool a ralenti son cerveau et ramolli ses lèvres.

– « Le solennel échange de ton amour contre le mien », répond Erwan du tac au tac.

– « Mon amour ! je te l'ai donné avant que tu l'aies demandé. Et pourtant je voudrais qu'il fût encore à donner.

– Voudrais-tu me le retirer ? Et pour quelle raison, mon amour ? »

Emma hésite à poursuivre. S'il l'entend bredouiller, Shakespeare doit se retourner dans sa tombe.

– « Rien que pour être généreuse et te le donner encore ! »

Emma éclate de rire.

– Erwan, tu es vraiment le meilleur des Roméo que je connaisse !

Erwan est déconfit, il comptait bien aller jusqu'au baiser. Emma s'extirpe avec la plus grande difficulté du canapé pour échapper aux assiduités d'Erwan et rejoindre les danseurs, mais ça tourne, ça tourne… Elle se rassied aussi sec.

– Encore un verre, Erwan ! S'il te plaît.

Erwan hésite, puis se lance :

– « L'amour court vers l'amour comme l'écolier hors de la classe ; mais il s'en éloigne avec l'air accablé de l'enfant qui rentre à l'école. »

– Pas un vers de Shakespeare, gentil Erwan, un verre de whisky-coca !

Sa deuxième découverte de la soirée…

– Tu as assez picolé comme ça, Emma !

– Eh, tu n'es pas mon père. Il est mort, mon papou !

Elle se met à sangloter. Erwan tente de la consoler.

– Tu as raison, Erwan, j'ai un peu trop bu… Je crois que je vais…

Erwan n'a pas le temps de s'écarter, Emma se met à vomir copieusement sur le carrelage… et sur les Vans de son ami.

– Je suis désolée.

La suite de la soirée, on la lui a racontée. Elle ne se rappelle de rien. Erwan et Inès ont été aux petits soins avec elle : ils lui ont fait boire de l'eau, lui ont fait prendre l'air et ils l'ont accompagnée plusieurs fois aux toilettes pour vomir, et vomir encore.

Lorsque la soirée se termine, Emma est encore dans le coaltar, mais ça va mieux. Elle se confond en excuses auprès d'Océane – elle était penchée au-dessus de la cuvette des toilettes lorsque son amie a soufflé ses bougies ! –, d'Inès et d'Erwan à qui elle a dû gâcher la soirée… Avant de partir, elle donne son cadeau à Océane : un CD des sonates pour piano de Beethoven par Maurizio Pollini.

– J'ai vérifié que tu ne l'avais pas.

Les parents d'Inès déposent Emma chez elle.

« C'était la soirée des premières, se dit Emma. Première soirée, premier verre d'alcool, premier pas de danse, première cuite. » Pour le premier baiser, il faudra encore attendre un peu. L'échangera-t-elle avec Erwan ou avec Quentin ? L'avenir le lui dira…

35

Samedi 13 février

Il y a encore quelques mois, on se moquait de moi et je désespérais de rencontrer l'amour. Il y avait toutes les chances qu'il me passe… sous le nez. J'avais fait une croix sur Quentin.

Et puis, les filles m'ont fait comprendre qu'en amour, rien n'est impossible ! Elles m'ont aidée, chacune à sa manière, à prendre confiance en moi. Avec l'acharnement d'un pitbull, Inès a réussi l'exploit de me décomplexer par rapport à mon nez : « Non, il n'est pas si long, ni si laid. Non, tu n'as pas besoin de recourir à une rhinoplastie. » Et elle a fini par me convaincre.

Il n'est plus question que je me fasse refaire le nez, que je renie le nez paternel !

Océane n'est pas en reste : en me relookant, elle m'a montré que je peux plaire, et d'abord me plaire. J'ai enfin renouvelé ma garde-robe. Grâce à mon amie, j'ai découvert que j'ai une jolie poitrine, des jambes bien dessinées. Que j'ai des atouts à faire valoir.

L'aventure du club théâtre m'a également épanouie. Je me sens à ma place sur les planches, dans la peau de Juliette, et tant pis pour les jalouses ! Métamorphosée physiquement comme moralement, j'ai commencé à susciter l'intérêt des garçons. On est plus attirant quand on est bien dans ses baskets. Et voilà que je me retrouve avec deux amoureux sur les bras !

Cette situation improbable me rappelle celle de Sérénade à trois. *Toujours j'en reviens à Lubitsch... La blonde Gilda n'arrive pas à choisir entre Tom et George (le beau Gary Cooper !) et décide de vivre une relation platonique avec ses deux prétendants. Enfin, au début... J'adore cette scène où chacun, à son tour, essaye d'attirer l'attention de sa muse : George par ses tableaux, Tom par ses pièces de théâtre. De vrais gamins ! Me tournerai-je, comme Gilda, vers un troisième garçon pour résoudre mon dilemme, Quentin et Erwan ne pouvant être départagés ? Je rigole !*

Le destin vous joue des tours, parfois. C'est vrai au théâtre, bien sûr : si Christian n'avait pas été tué lors du siège d'Arras, Cyrano aurait pu dévoiler ses sentiments à Roxane – il était à deux doigts de tout déballer ! – et ils se seraient aimés ; si Juliette s'était réveillée quelques minutes plus tôt, Roméo ne se serait pas donné la mort en découvrant son corps inerte, et ils se seraient aimés. C'est vrai aussi dans la vie : si je n'avais pas croisé Quentin à la Fnac, alors que j'avais renoncé à notre amour, je serais sans doute sorti avec Erwan à la soirée d'Océane.

J'aime Erwan. C'est un garçon formidable : curieux, drôle, attentionné. Et mignon avec ça. Mais est-ce que je l'aime… d'amour ? Si, sur une échelle de 1 à 10, je devais évaluer la force des sentiments que j'ai pour lui, comme à l'hôpital on est invité à évaluer l'intensité de sa douleur, à combien je chiffrerais mon amour pour lui ? C'est impossible à dire, mais je suis sûre d'une chose : l'amour que je ressens pour Quentin est plus fort.

Peut-être qu'Erwan et moi, nous nous sommes laissé emporter par la passion de nos personnages ? Peut-être avons-nous confondu l'amour que Roméo et Juliette ressentent l'un pour l'autre avec nos propres sentiments ?

Je crois de nouveau, et plus que jamais, que l'amour entre Quentin et moi est possible. Mais comment puis-je lui faire comprendre que je l'aime ? Dois-je me remettre à mon clavier et reprendre la correspondance d'amoureuse94, comme le suggère Inès ? Ou dois-je agir à visage découvert, et le nez au vent ? Si oui, en serai-je capable ?

36

Dimanche 14 février

C'est la Saint-Valentin. Alors bien sûr, j'ai une pensée pour Quentin.

Et comme il a l'air accro, je lui ai écrit… un acrostiche. Les lettres de son prénom s'affichent à l'initiale de chaque vers. Ça fait :

Qui est donc ce grand garçon aux yeux bleus
Uniques, marchant les cheveux au vent
Et affichant ce sourire éclatant ?
Ne le trouvez-vous pas beau comme un dieu ?
Toutes se retournent sur son passage,

EMMA

Il n'y fait pas attention, il est sage.
N'a-t-il pas trouvé l'amour depuis peu ?

Peut-être qu'un jour je lui ferai lire.

37

Après les vacances, les comédiens de la troupe sont heureux de retrouver les planches. Une partie de la répétition de ce soir est consacrée à la deuxième scène de l'acte III : Juliette attend avec fébrilité le retour de sa nourrice, qui doit lui donner des nouvelles de Roméo.

– « Fastidieuse journée, lente comme la nuit l'est, à la veille d'une fête, pour l'impatiente enfant qui a une robe neuve et ne peut la mettre encore ! » soupire-t-elle.

Hélas, la nourrice lui annonce que son bien-aimé a tué Tybalt et qu'il est banni.

– « Roméo est banni ! Il n'y a ni fin, ni limite, ni mesure, ni borne à ce mot meurtrier ! Il n'y a pas de cri pour rendre cette douleur-là. »

Les autres comédiens de la troupe observent le jeu d'Emma et d'Océane et doivent donner leurs impressions. Ambre se montre particulièrement critique à l'égard d'Emma :

– Tu passes ton temps à crier, dit Ambre. Tu nous casses les oreilles !

Pour une fois, les professeurs lui donnent raison.

– Ce n'est pas faux, Emma, approuve Mme Renard, ton jeu manque un peu de nuances.

C'est pourtant comme ça qu'elle voit Juliette dans cette scène : en apprenant la nouvelle, elle devient hystérique. Malgré tout, Emma hoche la tête en signe d'assentiment. Il faut savoir accepter les remarques quand elles sont constructives. Peut-être en fait-elle un peu trop ? Mais Emma ne peut s'empêcher de voir dans cette critique une nouvelle marque d'hostilité de la part d'Ambre.

En effet, Ambre la déteste encore. Pourtant, les choses ont changé. Emma a su se faire apprécier des comédiens de la troupe, et tout le monde s'accorde à lui trouver du talent. Maintenant qu'Emma a abandonné ses affreuses lunettes,

Ambre doit avouer, même si ça lui écorche la langue, qu'elle fait une Juliette acceptable.

Malgré tous les efforts que sa bande et elle ont faits pour l'humilier, pour la discréditer, Emma ne s'est pas découragée. Au contraire, elle a pris confiance en elle, elle s'est libérée, et les profs ne sont pas près de lui retirer le rôle de Juliette pour le confier à Ambre. Pourtant, celle-ci n'a pas complètement perdu espoir d'interpréter Juliette en mai prochain, mais encore faut-il se débarrasser d'Emma ! Et pas à la dernière minute, à cause du jeu des chaises musicales : si elle joue Juliette, Louis, sa doublure, devra prendre sa place, et il faudra que quelqu'un reprenne entre autres le rôle du chœur…

38

Le mercredi suivant, en fin d'après-midi, Emma et Océane reviennent du conservatoire.

– Avec ton violoncelle sur le dos, dit Océane, tu me fais vraiment penser à une tortue !

– En attendant, c'est toi qui es à la traîne !

Soudain, Emma s'arrête devant l'affiche d'un concert live, sur la vitre d'un bar. C'est le nom du groupe qui a attiré son attention : The Crazy Pink Grasshoppers. Impossible d'oublier un nom pareil !

– Qu'est-ce que tu regardes ? demande Océane.

– Demain soir, le groupe de Quentin joue ici. Ça ne te dirait pas d'y aller ?

– Pourquoi pas ? Il faut que je demande l'autorisation à mes parents. Je te tiens au courant…

Le lendemain, sur le coup de 21 heures, les deux filles se retrouvent pour le concert, elles ont obtenu la permission de minuit. En passant devant la scène pour aller s'installer, elles tombent sur Quentin. Emma feint la surprise.

– Ça alors, tu fais partie du groupe ? demande-t-elle.

– Eh oui, je suis à la basse.

– Ah, génial ! Je ne savais pas que tu jouais.

– Je n'ai jamais eu l'occasion de t'en parler. J'espère que ça va te plaire…

Quelques minutes plus tard, Tom entre à son tour au café. Il aperçoit Emma et sa copine qui sirotent leur diabolo menthe.

– Qu'est-ce que tu fais là ? demande-t-il à sa sœur, sans même jeter un regard à Océane.

Tom a l'air contrarié.

– Ben, on est là pour le concert.

– Tu écoutes du rock, toi, maintenant ?

– C'est Océane qui m'initie… Et toi, qu'est-ce qui t'amène ?

– À ton avis ? Je viens écouter Quentin !

– Oui, j'ai vu qu'il jouait dans le groupe, c'est cool !

Là-dessus, Tom s'en va rejoindre des amis un peu plus loin.

Le concert commence peu après. Comme Quentin le lui avait expliqué dans ses mails, le groupe joue essentiellement des reprises. Au programme, les plus grands groupes anglais : les Beatles, les Stones, Queen, Police, U2, Oasis… et quelques groupes français : Téléphone, les Rita Mitsouko, Louise Attaque… Emma les connaît au moins de nom, elle a même déjà entendu certains de leurs tubes !

Elle est agréablement surprise par ce qu'elle entend. Dans l'ensemble, la musique lui plaît et les musiciens assurent. Enfin, pour ce qu'elle peut en juger. Dans le groupe, il y a quatre garçons – le batteur, les deux guitaristes et le bassiste – et deux filles : une au synthé et l'autre au chant. Avec ses cheveux roses en pétard qui rappellent le nom du groupe, ses nombreux tatouages et ses piercings, la chanteuse détonne un peu par rapport aux autres musiciens, tous bien propres sur eux et un peu coincés. Elle a une belle voix et tient bien la scène. Elle lui fait penser à « la sauterelle, la sirène en mal d'amour » que les Rita Mitsouko évoquent dans une de leurs chansons.

– Tu ne trouves pas qu'il a un balai dans le cul, ton bassiste ? murmure Océane.

Emma fait l'offusquée.

– Dis donc, je ne te permets pas !

– En tout cas, il est beau comme un dieu.

– Là, je suis d'accord !

– Et puis, il touche sa bille, quand même.

– Pour moi, c'est un boss de la basse !

À la pause, Quentin vient leur glisser deux mots. Les filles sont enthousiastes.

– Ah ! ça fait plaisir à entendre, leur dit-il. Dans la deuxième partie du concert, on va jouer quelques-unes de nos compos.

– Qui écrit les chansons ?

– Lolo, la chanteuse, écrit la plupart des textes. Et Enzo, le guitariste, compose la musique.

Après un long silence, Quentin, un peu mal à l'aise, décide de s'éloigner.

– On se voit après le concert ?

Emma est moins emballée par la deuxième partie du concert, mais ce n'est pas donné à tout le monde de composer de la bonne musique. Quand le public commence à quitter les lieux, après plusieurs rappels, une fille vient rejoindre Quentin sur la scène et le prend par la taille. Emma, qui attendait son tour pour le féliciter, est assommée. Comme si le ciel lui était tombé sur la tête. Aussitôt, elle entraîne Océane vers la sortie.

De retour chez elle, elle se jette sur son lit et se met à pleurer. Non, pas de larmes, se retient-elle. « Ce serait trop laid si le long de ce nez une larme coulait. »

Cette fois, elle a tout perdu : Quentin est maqué, contrairement à ce qu'il lui a laissé entendre. Quant à Erwan, il mérite mieux que d'être un second choix.

39

Quelques jours plus tard, après le lycée, Quentin sonne chez les Doucet. Il est censé préparer un contrôle de sciences physiques avec Tom. Son ami l'accueille avec un sourire jusqu'aux oreilles.

– Tu as l'air bien gai ! s'exclame Quentin.

Aussitôt, il regrette le choix de ce mot qui pourrait paraître ambigu : depuis quelques mois, en effet, il se demande si son pote n'est pas homo. Quentin ne lui connaît aucune conquête féminine, Tom n'a jamais manifesté un quelconque émoi ni le moindre intérêt pour une fille de leur bahut, que ce soit au collège ou au lycée. L'amour et le désir font partie de ces rares sujets dont ils ne parlent jamais. Mais ces derniers temps, Tom le regarde d'une drôle de façon et multiplie les petits gestes qui seraient anodins s'il n'y avait pas tout le reste. Du coup, lorsque Tom lui touche le bras ou qu'il le prend par l'épaule, Quentin se sent un peu mal à l'aise. Comme si Tom avait des vues sur lui, ce qui peut-être, ce qui sans doute, est complètement faux…

Oui, mais s'il y avait un fond de vrai ? Si Tom ressentait vraiment quelque chose pour lui ? En faisant comme si de rien n'était, Quentin le laisse espérer en vain, car de son côté, il n'y a aucune ambiguïté : il n'est pas attiré par les garçons, et il ne le sera jamais. Si seulement il pouvait leur éviter à tous les deux ce moment terriblement embarrassant où Tom lui prendrait la main ou approcherait son visage du sien pour l'embrasser. Ou lui ferait part de son désir. Ou de ses sentiments. Mais il ne sait pas comment s'y prendre. Il pourrait lui parler de l'amour qu'il ressent pour sa belle inconnue ? Cela refroidirait ses ardeurs. Si ardeurs il y a. Oui, mais il se moquerait de lui et de ses amours virtuelles. Il doit pourtant trouver quelque chose…

– Si je suis de bonne humeur, répond Tom en se dirigeant vers sa chambre, c'est parce que je suis tombé sur le journal intime de ma sœur !

– Comment ça, tu es tombé dessus ?

– Ben, je n'avais plus d'effaceur, alors je suis entré dans la chambre d'Emma pour lui en emprunter un. J'ai ouvert le tiroir de son bureau, et j'ai trouvé un beau carnet : son journal intime !

– Tu ne l'as pas ouvert, j'espère ?

– Bien sûr que si. Ouvert et lu. De la première à la dernière ligne. Ça vaut son pesant de cacahuètes !

– Putain, Tom, ça ne se fait pas ! Tu connais le sens du mot « intime », non ?

– J'aurais voulu te voir à ma place ! Tu aurais refermé le tiroir sans jeter un œil au carnet ?

« Tom a raison, on ne peut jamais savoir, se dit Quentin. Parfois, on se croit meilleur qu'on est vraiment. Et parfois, c'est l'inverse… »

– En tout cas, je n'aurais jamais fait ça à ma frangine.

– Ouais, mais ça ne veut rien dire : telle que je la connais, Marion n'aurait jamais tenu un journal intime.

– Ce n'est pas faux.

– Et si elle en avait tenu un et qu'elle t'avait surpris le journal à la main, tu serais encore en train de pleurer ta mère !

Marion peut entrer dans des colères d'une rare violence…

– D'accord. Mais parlons d'Emma. Je croyais que tu n'en avais rien à foutre d'elle. Et tout à coup, ses confessions intimes te passionnent !

– Tu ne comprends pas ! Ça n'a rien à voir avec ma sœur, mais avec le voyeurisme. Il y a quelque chose de très excitant à découvrir la vie intime des autres, leurs secrets inavouables…

– Mais quand même, c'est ta sœur !

– Oui, oui… En tout cas, je n'ai pas été déçu.

– Comment ça ?

– Ah, ça t'intéresse, maintenant ?

– Non, tu as raison, ce ne sont pas mes affaires.

– C'est dommage, je suis sûr que tu aurais adoré !

– Qu'est-ce que ça veut dire ?

– Alors… Tu veux savoir ?

– Arrête de faire le malin, Tom, et dis-moi ce que tu as à me dire…

– Bon, voilà. Elle parle de toi dans son journal !

– De moi, tu es sûr ?

– Emma est amoureuse d'un garçon qu'elle appelle Quentin !

– Ta sœur connaît peut-être un autre Quentin !

– Le Quentin dont elle parle joue de la basse dans un groupe de rock. Et il vient de temps en temps chez elle pour voir son frère…

– D'accord, il y a des chances que ce soit moi. Et alors ?

– Si tu lisais sa prose, tu te bidonnerais.

– Allez, Tom, accouche !

– Bon, alors je vais à l'essentiel : apparemment, elle avait rendez-vous avec toi dans un café, un peu avant Noël, mais elle s'est dégonflée !

Qu'est-ce que c'est que cette histoire ? Tom fait-il allusion au rendez-vous qu'il a donné à sa belle inconnue au café des Oiseaux ? Emma était là, en effet. Il se rappelle très bien leur discussion : elle l'avait taquiné à propos de son amoureuse, il l'avait assez mal pris… Ainsi, Emma et amoureuse94 ne feraient qu'une ? S'il attendait à ça !

Cela veut dire que ce jour-là, elle a changé d'avis et ne s'est pas dévoilée. S'il avait pu jeter un œil dans son sac, il serait probablement tombé sur son exemplaire de *Cyrano*.

Pour justifier sa présence au café, se souvient-il, elle s'était inventé un rendez-vous avec un petit ami ! Mais pourquoi s'y était-elle prise de cette façon-là pour lui faire part de ses sentiments ?

– Je crois qu'elle a bien fait, non ? Ça lui a évité de se prendre un gros râteau, pas vrai ?

– Pourquoi tu dis ça ? Ce n'est pas très sympa pour ta sœur !

– Sympa, non, mais réaliste. Avec son pif, qu'est-ce qu'elle pouvait espérer ?

Quentin essaye de visualiser son nez.

– Il est un peu long, c'est ça ?

– C'est une question ? Ce n'est pas qu'il est un peu long, son nez, c'est qu'il est disproportionné.

– « C'est un roc… c'est un pic… c'est un cap. Que dis-je c'est un cap ? C'est une péninsule ! » récite Quentin.

Il connaît les premiers vers de la fameuse tirade du nez.

– Je n'aurais pas mieux dit !

« Ce n'est pas un hasard, songe Quentin, si le livre qu'Emma a choisi comme signe de reconnaissance est *Cyrano de Bergerac*. Son nez doit la faire complexer, la pauvre. Et pourtant… »

– Au risque de te surprendre, Tom, son nez ne me déplaît pas.

– Tu blagues, là ?

– Non, je le pense vraiment. Et puis, en admettant que son nez soit…

– Monstrueux ?

– Disgracieux… Eh bien, son visage ne se réduit tout de même pas à son nez !

– Non, mais presque ! Son nez attire le regard, et quand on l'a vu, on ne pense plus qu'à détourner les yeux !

– Je ne suis pas d'accord. Je trouve qu'il donne de la personnalité à son visage.

– Euh, rassure-moi, Quentin, tu n'es pas en train de me dire que ma sœur te plaît ?

Bien sûr, qu'Emma lui plaît ! Mais Quentin a bien compris que ce n'était pas le moment de faire des annonces… Il s'agit de temporiser.

– Non, je ne dis pas ça. C'est juste que je ne te trouve pas cool avec elle : tu violes ses secrets, tu la traites comme une merde… Qu'est-ce qu'elle t'a fait pour que tu lui en veuilles autant ?

– Joker !

– Comment ça, joker ?

– Permets-moi de ne pas répondre à ta question. Et maintenant, je crois qu'on ferait bien de se mettre à la physique si on veut éviter de se prendre une tôle !

Quinze minutes plus tard, Quentin n'a guère avancé sur ses exercices.

– Écoute, Tom, je suis désolé, mais je n'arrive pas à me concentrer. Je crois que je vais rentrer.

– Je pensais te faire marrer avec mes histoires, mais je vois que tu prends les choses très à cœur. C'est sûr, tu as dû tomber de haut en apprenant qui était la fille avec qui tu échangeais des mails…

Quentin acquiesce. Il n'a pas le courage de se lancer dans une nouvelle discussion avec Tom. Oui, il est tombé de haut. Mais pas au sens où son ami l'entend. Quentin ne peut s'empêcher de sourire : Emma s'est un peu arrangée avec la réalité pour qu'il ne fasse pas le rapprochement avec elle : elle était censée être en première et jouer du piano, elle parlait de son père comme s'il vivait encore…

Quelle merveilleuse surprise ! Désormais, il peut mettre un visage sur celle qu'il aime, et il est fou de joie. Physiquement, elle lui plaît, et c'est un grand soulagement, car il aurait pu en être tout autrement. Le plus drôle, c'est qu'il doit une fière chandelle à Tom : sans lui, il n'aurait jamais plus entendu parler d'amoureuse94 !

En sortant de la chambre de son ami, Quentin passe devant celle d'Emma. Derrière la porte, il entend de la musique. Du classique, forcément. Après ces révélations, il aimerait tellement la voir. Mais Tom le suit de près. S'il toquait à la porte, il le prendrait mal, alors il fait comme si de rien n'était et poursuit son chemin.

Une fois dans la rue, il repense aux messages qu'ils ont échangés. Au premier mail d'Emma. C'est vrai qu'il ne la regardait pas. Il faut dire qu'il la connaissait à peine et qu'elle ne se mettait pas vraiment en valeur : elle cachait ses yeux derrière de grosses lunettes, dissimulait ses jambes dans des pantalons larges et sa poitrine sous des sweats informes. Il n'y a guère que ses beaux cheveux blonds qu'elle consentait à offrir aux regards. C'était un choix respectable, mais qui ne la faisait pas sortir du lot, physiquement. Il ne la regardait pas, certes, mais pourquoi l'aurait-il regardée quand d'autres filles se donnaient un mal fou pour être belles, pour mettre leurs atouts en avant (que ce soit d'ailleurs pour plaire aux garçons ou pour se faire plaisir à elles) ? Et surtout, c'était la sœur de son meilleur ami ! Qu'elle soit sexy ou non, il ne lui serait pas venu à l'idée de lui faire des avances.

Dans le portrait qu'elle faisait d'elle, elle évoquait sobrement son « nez droit ». En se gardant bien d'évoquer sa longueur. C'était de bonne guerre. Évoquer un nez long, voire trop long, aurait « abîmé » son portrait et réduit ses chances de le séduire. Quentin aurait aimé se sentir au-dessus de ça...

Emma est si complexée qu'elle se sent des affinités avec Cyrano. Pourtant, son nez n'a rien de rédhibitoire. D'ailleurs, sans les mots crus, sinon cruels, de Tom, il n'y aurait pas prêté plus attention que ça. Tom n'aide pas sa sœur à voir les choses autrement, bien au contraire : il la conforte dans ses craintes. Pourquoi se comporte-t-il ainsi avec elle ? Il n'a pas voulu le lui dire...

Quentin sait que la partie est loin d'être gagnée. Emma voudra-t-elle encore de lui, après tout ce temps ? Peut-être qu'au cours de leurs échanges, il l'a déçue, et c'est pourquoi elle a renoncé à aller plus loin avec lui ? Peut-être est-il à ses yeux comme le Christian de *Cyrano de Bergerac*, un garçon beau mais dénué d'esprit ?

Et même si Emma a toujours des sentiments pour lui, Tom risque de constituer un gros obstacle à leur bonheur : sa réaction lui a donné un avant-goût de ce qui pourrait se passer s'il apprenait qu'ils s'aiment et sortent ensemble. Si tant est que cela arrive un jour !

40

Jeudi 11 mars, en fin de matinée, Quentin et quelques-uns de ses camarades se précipitent dans la cour pour se joindre aux élèves qui jouent au foot en attendant l'heure de la cantine. Soudain, il aperçoit Emma et une de ses copines qui discutent, penchées au-dessus de la balustrade. Il reconnaît la fille, c'est Océane. Elle était au concert avec Emma.

– Putain, Quentin ! lui crie Maxime. La balle !

Il faut que Quentin soit sacrément accro pour laisser filer le ballon.

– Qu'est-ce que tu fous ? On aurait pu marquer !

– Désolé, j'avais la tête ailleurs.

Maxime, qui a suivi son regard, le charrie :

– Tu t'intéresses aux filles de seconde, maintenant ?

Quentin se fend d'un sourire. Il jette encore un œil vers Emma et une image lui traverse l'esprit : celle d'une chenille brunâtre qui devient un magnifique papillon. Mais l'image ne lui paraît guère adaptée : Emma était loin d'être moche, et elle n'est pas non plus devenue une bombe sexuelle ! Aussitôt, il a honte de cette pensée. Peut-on dire ça de la fille qu'on aime ? Peut-on avoir cette lucidité ? Ou l'aveuglement est-il nécessairement la marque de l'amour, l'un des signes indiscutables grâce auxquels on le reconnaît ?

Il lui vient une idée. Et s'il s'arrangeait pour retrouver Emma au café des Oiseaux ? Il a été trop frustré de leur rendez-vous manqué pour ne pas leur offrir à tous les deux une autre occasion de vivre ce moment romantique. Avec une différence notable : cette fois, c'est lui qui serait aux commandes. Pour cela, il va avoir besoin de l'aide d'Océane.

Quentin reprend le jeu, mais pas avec sa niaque habituelle.

Le lendemain, il profite d'un moment où Océane est seule pour aller lui parler.

– Je peux te dire un mot ?

Océane est un peu surprise : qu'est-ce qu'il lui veut ? La draguer ou lui parler d'Emma ?

– Voilà, je sais que tu es très copine avec Emma, et je voulais te demander un service.

– Ah oui ? Qu'est-ce que je peux faire pour toi ?

– Ben, il s'agirait juste de lui donner rendez-vous dans un café. Le café des Oiseaux. Tu n'aurais même pas besoin de te déplacer...

– C'est bizarre, ton truc. Si je dois lui poser un lapin, il faudrait quand même que tu me dises pourquoi.

– D'accord. J'ai prévu de rejoindre Emma au café.

Océane en reste bouche bée. Qu'est-ce qui peut expliquer son intérêt soudain pour Emma ? A-t-il compris qu'elle était la mystérieuse amoureuse des mails ? Et si oui, comment l'a-t-il découvert ?

– Écoute, je crois qu'il vaudrait mieux que tu t'adresses à quelqu'un d'autre. Emma et moi, on se voit toute la journée, elle trouverait ça louche que je lui donne rendez-vous dans un café. Mais elle a une très bonne amie dans un autre bahut. Si c'est elle qui lui propose, comme elles ne se voient pas très souvent, Emma ne se méfiera pas.

– Tu peux la contacter pour moi ?

– Pas de problème.

– Il y a encore autre chose. Je voudrais qu'elle demande à Emma de lui apporter un livre.

– *Cyrano de Bergerac* ?

– Je vois que tu es dans la confidence… Elle n'aura qu'à lui dire qu'elle en a besoin pour le lycée, ou tout simplement qu'elle est curieuse de lire la pièce…

– Je lui expliquerai.

– Merci beaucoup. C'est important pour moi.

Quentin s'apprête à partir, mais une question lui brûle les lèvres. Une question qu'il n'a jamais eu besoin de poser à une fille jusqu'ici…

– Tu crois qu'Emma veut toujours sortir avec moi ?

Océane prend quelques secondes de réflexion.

– Je suis désolée, Quentin. Je ne peux rien te dire.

C'est une question de principe : même si c'est pour son bien, ce serait trahir la confiance d'Emma. Et puis, Océane ne veut pas donner de faux espoirs à Quentin. Elle ne sait pas où en est Emma depuis le concert : Quentin était avec une fille, et Emma l'a très mal pris.

– Je comprends. Mais promets-moi de ne rien lui dire. Il faut que ce soit une surprise. Une bonne surprise, j'espère !

41

Le vendredi suivant, Emma pousse la porte du café des Oiseaux. Il est 17 heures, et elle a rendez-vous avec Inès. La dernière fois qu'elle est venue au café, c'était il y a près de trois mois. Elle avait rendez-vous avec Quentin. C'était le même jour de la semaine, à la même heure. Quand elle y pense, elle ne ressemble plus vraiment à la fille qu'elle était alors : ni physiquement, car ses copines l'ont entièrement relookée, ni psychologiquement, car elle se sent beaucoup mieux dans sa peau. Et si son nez est égal à lui-même, elle l'assume, désormais. Enfin, disons qu'elle l'assume mieux.

La place qu'elle occupait la dernière fois près de la baie vitrée est libre, elle s'y installe. Elle a glissé dans son sac son exemplaire de *Cyrano*. Il y a trois mois, elle l'avait aussi avec elle... Inès lui a demandé de lui prêter le bouquin, ça lui fait plaisir qu'elle veuille lire cette pièce qu'elle adore!

Quelques minutes plus tard, elle aperçoit Quentin. Il s'approche d'elle. Cette fois, c'est elle qui est surprise de le trouver là. Et elle n'a pas particulièrement envie de le voir.

– Salut, Emma, tu as rendez-vous avec ton petit copain? lui demande-t-il.

C'est vrai, se souvient Emma, à l'époque, elle lui avait raconté qu'elle attendait un garçon sur lequel elle avait des vues.

– Non, ça ne s'est pas fait, répond-elle. Je retrouve juste une copine.

– Je suis désolé de l'apprendre...

– Un de perdu, dix de retrouvés, comme on dit. Et toi? Tu attends quelqu'un? Peut-être la fille du concert?

– Qui?

– Je ne sais pas... Une grande brune... Tu la tenais par la taille, après le concert.

– Marion ? Ce n’est pas ma copine, c’est ma sœur !

Emma ressent d’un coup un immense soulagement. Après le concert, elle a réagi comme une idiote ! se dit-elle. Elle s’est vraiment pris la tête pour rien !

– Ah, pardon.

– Pas de souci ! Figure-toi que j’ai rendez-vous avec mon amoureuse. Enfin, si elle vient. Elle a accepté de me donner une seconde chance.

– J’en suis ravie pour toi.

Le cœur d’Emma se met à battre la chamade.

– Et comment tu vas la reconnaître, cette fois ? lui demande-t-elle.

– Ben, toujours grâce à son livre !

– C’était quoi, déjà ?

– *Cyrano de Bergerac.*

– Ah oui, c’est vrai…

Emma hésite. Ça sent le coup monté… à plein nez ! Si Quentin s’est donné tout ce mal, se raisonne-t-elle, ce n’est tout de même pas pour lui annoncer qu’il ne veut pas d’elle, ce serait trop cruel !

– C’est une pièce magnifique ! dit Quentin.

– Oui, mais la fin est tellement triste. À chaque fois, je pleure comme une fontaine. Ça me fait exactement la même chose pour *Roméo et Juliette*.

– Deux histoires d'amour impossibles qui auraient pu se concrétiser si le destin ne s'en était pas mêlé !

Emma ne s'attendait pas à cette réflexion de la part de Quentin, qu'elle croyait plus terre à terre. Comme quoi, on se fait souvent des idées fausses sur les gens...

Emma ne peut plus se défiler. Elle fouille dans son sac et en sort son exemplaire de *Cyrano*.

– Tu es au courant depuis quand ? demande-t-elle à Quentin.

– Depuis quelques jours.

– Et tu t'es arrangé pour m'attirer au café avec la complicité de mes copines.

– Exactement.

– « Regarde-moi, mon cher, et dis quelle espérance pourrait bien me laisser cette protubérance ! »

– On dirait du Rostand !

Emma acquiesce.

– À cela, je répondrais que tous les espoirs sont permis.

– Alors tu m'aimerais... même laide ?

– Même laide.

– Même affreuse… défigurée… grotesque ?

Encore les mots de Cyrano dans la pièce…

– Oui, mais tu n'es rien de tout ça. Ce n'est pas ton nez qui est trop long, ce…

– Ce sont les mouchoirs qui sont trop petits ! le coupe Emma.

– Mais non, ce sont tes yeux qui déforment tout !

Quentin la regarde avec beaucoup de douceur.

– Puisqu'on parle de tes yeux, c'est la première fois que je remarque qu'ils changent de couleur. Tu te rappelles, tu me l'avais écrit dans un mail.

– À ce moment-là, tu ne me voyais pas, il n'y a que moi qui te regardais…

Quentin a compris l'allusion, il saisit la perche.

– Mais maintenant je te regarde, et j'aimerais bien qu'il se passe entre nous autre chose qu'un échange de regards.

Emma en a les larmes aux yeux. Cet instant qu'elle avait tant espéré il y a quelques mois a fini par arriver…

Quentin approche son visage du sien. Pourvu qu'elle ne l'éborgne pas avec son nez ! se dit-elle. Leurs lèvres se trouvent et s'entrouvrent. Emma ferme les yeux. Elle se sent un peu gauche, elle n'est encore jamais sortie avec un garçon, mais elle a confiance, il lui apprendra. Leurs langues se mêlent, elles se mettent à tourner, et tourner. Elles ne se quittent plus. Emma en est tout étourdie.

Quand elle ouvre les yeux, Quentin lui sourit. Ce n'était donc pas un rêve ! On toque à la vitre : elle tourne la tête et aperçoit Inès et Océane. Les pouces levés, comme si elles « likaient » la scène, ses copines lui adressent de grands sourires. Elles ont l'air aussi heureuses qu'elle ! Dans quelques mois, dans quelques années, si Quentin et Emma sont toujours ensemble, elles pourront dire qu'elles ont assisté à leur premier baiser. À quelques tables d'eux, cinq élèves du lycée n'ont rien perdu du spectacle, ils se mettent à les siffler joyeusement. Demain, tout l'établissement sera au courant !

Vers 19 heures, Quentin raccompagne Emma devant chez elle. Avant d'entrer dans l'immeuble, elle murmure ces paroles de Roméo, tirées de la scène du balcon :

– « Ô céleste, céleste nuit ! J'ai peur, comme il fait nuit, que tout ceci ne soit qu'un rêve, trop délicieusement flatteur pour être vrai ! »

42

Quentin est sur un nuage : Emma lui a offert son cœur et ses lèvres ! Il est soulagé, il avait tellement peur qu'elle refuse ses avances. Après tout, c'est elle qui avait renoncé à poursuivre leurs échanges de mails.

Maintenant, il craint la réaction de Tom quand il apprendra qu'il sort avec sa sœur. Surtout s'il l'apprend de la bouche d'un élève... Il doit absolument lui annoncer la nouvelle avant demain. Il est trop tard pour lui rendre visite, en revanche, il peut encore l'appeler. C'est un sale moment à passer, mais il ne peut pas se défiler.

– Allô, Tom. C'est moi, Quentin.

– Salut, mec, je t'avais reconnu.

Silence. Quentin ne sait pas par où commencer.

– Bon, qu'est-ce qu'il y a ? Je suis en train de jouer…

– Tu veux que je te rappelle plus tard ?

– Non, non, je t'écoute.

– Voilà. Tu te souviens de notre discussion à propos d'Emma ? Le jour où tu étais tombé sur son journal intime…

– Oui, bien sûr. Mais pourquoi tu me parles de ma sœur ?

– Tu m'avais dit qu'elle était amoureuse de moi et qu'elle m'avait donné rendez-vous dans un café.

– Oui, mais elle n'avait pas eu le courage de te dire les choses en face.

– C'est ça. Eh bien, figure-toi qu'aujourd'hui, nous nous sommes revus dans ce même café.

– Par hasard ?

– Non, c'est moi qui lui avais donné rendez-vous.

– Attends, Quentin, qu'est-ce que tu essayes de me dire ?

– Que je suis sorti avec ta sœur.

Il s'ensuit un grand blanc.

– C'est impossible ! Je t'interdis de sortir avec elle.

– Hein ? Mais de quel droit ?

– Du droit de ton meilleur ami.

– Justement, si tu es mon ami, pourquoi voudrais-tu m'interdire de vivre une belle histoire d'amour avec Emma ? Qu'est-ce qui m'empêcherait de sortir avec elle tout en demeurant ton ami ?

– Tu sais bien que ça ne peut pas marcher comme ça, Quentin. C'est elle ou moi !

– Si tu le prends comme ça, ce sera elle. Je ne sacrifierai pas mon amour à notre amitié. Surtout si l'ami en question se révèle égoïste, possessif… et stupide !

– Dans ce cas, je crois que nous nous sommes tout dit, je raccroche. Salut.

Quentin savait que Tom ne réagirait pas bien, mais il ne s'attendait pas à ce qu'il mette leur amitié dans la balance. Pourquoi a-t-il fallu en arriver là ? Tom est comme ça, entier, excessif. C'est tout ou rien, il déteste les compromis. Ce qu'il craint maintenant, c'est que dans sa fureur, Tom ne fasse un chantage affectif à sa sœur pour qu'elle rompe avec lui. Ça serait vraiment dégueulasse, et il ne se laisserait pas faire !

Après avoir raccroché, Tom tremble encore de colère. Il en veut terriblement à Quentin. Non seulement il l'a trahi en sortant avec sa sœur, mais il l'a humilié en privilégiant l'amour d'Emma aux dépens de leur amitié ! Mais il en veut encore plus à sa sœur, qui a osé sortir avec son meilleur ami. Sa sœur qu'il ne porte plus dans son cœur depuis qu'elle s'est permis de tout raconter à leur mère… Il a envie de l'étrangler ! Il faut qu'il se calme, qu'il prenne le temps de réfléchir à tout ça. Il devrait faire quelques respirations, oui, c'est ça, respirer un bon coup.

Emma, tout comme Quentin, a l'impression de vivre un rêve éveillé : elle sort avec son amoureux de toujours ! Elle est allongée sur son lit et savoure l'instant. Pourtant, cet amour lui a toujours paru impossible, comme celui de Roméo et Juliette, comme celui de Cyrano et Roxane. Impossible parce que tabou : elle ne pouvait pas sortir avec le meilleur ami de son frère, de même qu'une Capulet ne pouvait pas aimer un Montaigu. Impossible aussi parce qu'inaccessible : c'était un beau gosse et elle se trouvait laide, défigurée comme Cyrano par un nez trop long. Le destin les a pourtant réunis.

Elle se demande si son nez n'a pas été sa chance, finalement. Avec un nez normal, jamais elle n'aurait songé à écrire à Quentin, et jamais il ne serait tombé amoureux d'elle !

Tout à coup, elle pense à son frère. Il faut que quelqu'un lui annonce la nouvelle. Si Quentin ne l'a pas fait, elle doit s'y coller.

Tom n'a pas respiré, il s'est défoulé. Il a passé une bonne heure à buter des aliens sur son ordinateur, ça lui a fait un bien fou ! Sa colère est retombée, à présent, il se sent triste. Quentin a mille fois raison : il s'est montré égoïste, possessif et stupide. Il a tout gâché. Mais ce n'est pas irrémédiable, il ne tient qu'à lui d'arranger les choses ! S'il reconnaît ses torts, il peut encore sauver leur amitié. Ah, quand même, que Quentin se soit amouraché de sa sœur, ça l'énerve !

Il en est là de ses réflexions quand Emma toque à sa porte.

– Je te dérange ?

– Non, vas-y, entre.

Tom va devoir prendre sur lui pour ne pas lui aboyer dessus.

– Qu'est-ce que tu veux ?

– J'ai un truc à te dire...

– Te fatigue pas, va. Je sais que tu sors avec Quentin, il m'a tout dit.

– Ah, euh... Et comment tu prends la chose ?

– À ton avis ?

– Je ne sais pas...

– Ben, réfléchis deux secondes. À partir de maintenant, je ne suis plus son ami, je suis le frère de sa copine. S'il vient à la maison, ce n'est pas pour me voir, c'est pour te voir, toi. Notre amitié passe au second plan… Et puis, imagine que ça ne marche pas entre vous, tu crois qu'il continuera à venir ici, qu'il aura envie de me voir ? T'as foutu un sacré bordel, Emma !

– Je suis désolée, Tom. Tu m'en veux beaucoup ?

– Bien sûr, qu'est-ce que tu imagines !

– De toute façon, tu m'en voulais déjà avant qu'on sorte ensemble. Je n'arrive pas à comprendre pourquoi.

– Ah non ? Tu n'as vraiment aucune idée ? Tu penses que je ne sais pas ce que tu as dit à maman ?

– Quoi ?

– Que j'aime les garçons !

– Mais je ne lui ai rien dit. Ce n'est pas à moi de lui en parler !

– Oui mais tu n'as pas réussi à tenir ta langue…

– Mais si, je te jure !

– Ne mens pas, ton nez va s'allonger.

« Salaud ! » pense Emma.

– Un soir, après le dîner, vous preniez une tisane dans la cuisine, reprend Tom. Je vous ai entendues parler de moi. De mon penchant pour les garçons.

Emma s'en souvient bien. C'est vrai, elle a eu cette discussion avec sa mère.

– Maman savait déjà. Elle m'a juste demandé si j'étais au courant.

– Ben, voyons. Comment elle a bien pu l'apprendre ?

– Je ne sais pas si je fais bien de te raconter ça... C'était quelques jours après la rentrée... La mère de ton pote Hugo a sonné à la porte. Maman lui a proposé un café, mais elle a refusé. Elles se sont assises dans la cuisine et la bonne femme a sorti deux ou trois lettres qu'elle a posées sur la table. C'était des lettres que tu avais envoyées à Hugo pendant les vacances. Des lettres d'amour, je suppose.

Tom blêmit.

– Elle a dit que c'était un tissu d'immondices, que tu étais un pervers et qu'elle t'interdisait de t'approcher de lui. Elle a aussi comparé les homos à des animaux, et là, c'en était trop. Maman s'est levée, elle a ouvert un tiroir et saisi...

– Un couteau ?

– Non, quand même pas. Le rouleau à pâtisserie. Comme dans les dessins animés ! Elle lui a dit : « Vous avez cinq secondes pour décamper. Passé ce délai, je vous éclate la tête. » Quand elle a commencé à compter, l'autre s'est carapatée.

Tom est mort de rire.

– Sacrée maman, je la reconnais bien là !

– Je crois que ton impulsivité, tu la tiens d'elle.

– Oui, aucun doute là-dessus.

– Dans la cage d'escalier, maman lui a crié : « Et que je ne vous reprenne plus à traîner dans le coin ! »

– Putain, quelle sale bonne femme !

– Ouais. Après m'avoir raconté ça, maman m'a demandé si je savais quelque chose. Je lui ai dit que je t'avais surpris un jour avec un garçon, mais qu'on n'en avait jamais discuté. Tu savais que j'étais au courant ?

– Disons que je m'en doutais. J'aurais aimé t'en parler, mais j'avais peur que tu me juges mal. Et puis, je n'assumais pas trop. Alors je ne t'ai rien dit. Plus tard, j'ai pensé que tu m'avais trahi. Pardon !

– Bah, les apparences étaient contre moi… Tu sais, tu devrais discuter de tout ça avec maman. Elle a l'impression que tu ne lui fais pas confiance, et elle en souffre.

– Je vais y réfléchir.

– Et pour Quentin ? C'est quelque chose que tu peux accepter ?

– Est-ce que j'ai le choix ?

Emma et Tom gardent le silence pendant un moment. Puis Emma se lève.

– Faut que j'y aille...

– Un dernier mot... Tu sais, pour moi, Quentin, c'était plus qu'un ami...

Emma regagne sa chambre, le cœur lourd. Sans le vouloir, elle est devenue la rivale de son frère. Elle se sent mal. Pour être heureuse, faudrait-il qu'elle rende son frère malheureux ? D'un autre côté, si elle devait renoncer à son amour pour Quentin à cause de lui, pourrait-elle jamais lui pardonner ?

43

Le lundi matin, avant la fin de la matinée, tout le lycée, est au courant qu'Emma et Quentin sortent ensemble. C'est donc par la rumeur publique qu'Erwan apprend la nouvelle. Il reproche à Emma de ne lui avoir rien dit, il ne cache pas sa rancœur. Emma aurait aimé le lui avouer, mais elle a été prise de court.

– Tu sais, Erwan, ça s'est fait très vite, je ne m'y attendais pas. Je ne pensais pas que Quentin s'intéresserait à moi.

– Quand même, tu aurais pu me dire que tu avais quelqu'un d'autre en tête…

– Je suis désolée, je ne savais plus où j'en étais, je n'arrivais pas à me décider pour l'un ou pour l'autre. Je t'aime beaucoup, Erwan. Vraiment. Mais je crois que nous avons tout mélangé : la fiction et la réalité. Le coup de foudre de nos personnages nous a poussés l'un vers l'autre, irrésistiblement, mais nous ne sommes pas nos personnages…

Erwan n'est pas du tout d'accord. Il peut très bien faire la part des choses entre l'amour de Roméo pour Juliette et ses sentiments pour Emma. Mais il acquiesce.

– Oui, tu as sans doute raison.

– Alors tu ne m'en veux pas ?

– Pourquoi est-ce que je t'en voudrais ?

Erwan sourit, mais il est assez amer. Si Emma n'avait pas autant picolé à l'anniversaire d'Océane, elle se serait sans doute laissé convaincre de sortir avec lui, et ils seraient ensemble, aujourd'hui ! Le bonheur, ça ne tient pas à grand-chose…

Océane, qui a assisté de loin à la scène, demande à Emma :

– Alors ? Comment il l'a pris ?

– Pas trop mal, je crois. Nous sommes tombés d'accord pour dire qu'il aimait avec les yeux de Roméo la comédienne qui interprétait Juliette. Et réciproquement.

– Et toi, tu ne regrettes rien ?

– Non, je suis tellement heureuse d'être enfin avec Quentin !

– Ça veut dire que tu me laisses le champ libre avec Erwan ?

– Quoi ? Il te plaît ?

– Plus ça va, plus je le trouve craquant !

– Pourtant, il y a encore quelques jours, tu me poussais dans ses bras.

– C'est ce qu'on appelle l'abnégation…

– Alors là, tu me sidères !

– Donc, tu ne m'en voudras pas si on sort ensemble ?

– Au contraire ! Ça me ferait super-plaisir pour vous deux. En plus, ça m'éviterait de culpabiliser.

– Dans ce cas… Je vais de ce pas le consoler, ce pauvre garçon. Il a l'air si malheureux !

Les deux amies éclatent de rire.

44

C'est la scène 3 de l'acte IV qui est au programme de la répétition de ce premier lundi d'avril. Emma la connaît particulièrement bien puisque le monologue de l'audition a été tiré de cette scène. Les professeurs sont impressionnés par sa prestation. À la fin de la répétition, Mme Bidault la retient quelques instants pour la féliciter et conclut par ces mots.

– Que de chemin parcouru !

Emma est un peu étonnée. Si elle a fait tant de progrès, c'est qu'elle devait être franchement minable le jour de l'audition. Et pourtant, c'est elle qu'on a retenue ! Peut-être est-ce une façon pour sa prof de se lancer des fleurs ?

Aussitôt, Emma s'en veut : elle est injuste avec Mme Bidault. C'est vrai qu'elle a fait des progrès, et cette scène, plus que tout autre, permet de constater le travail accompli. Quand elle y pense, depuis l'automne, elle a gagné en confiance, elle se sent mieux dans son corps, occupe mieux l'espace. Son jeu est plus sobre, plus subtil aussi. Pas étonnant que la prof ait cette impression…

Tandis qu'elle regagne les coulisses pour prendre ses affaires, elle tombe sur Erwan et Océane qui se sont attardés… et s'embrassent à pleine bouche !

– Hum, hum, les interrompt Emma.

Aussitôt, les deux amoureux s'éloignent l'un de l'autre. Si Océane affiche un grand sourire, Erwan, lui, regarde ses baskets, penaud.

– Petite cachottière ! la gronde gentiment Emma.

– J'allais t'en parler, je te jure, répond Océane.

– Mais bien sûr !

Puis elle s'adresse à Erwan :

– « Par saint François ! quel changement ! Cette Rosaline que tu aimais tant, est-elle donc si vite délaissée ? » le taquine-t-elle.

Ce sont les mots que frère Laurent prononce lorsque Roméo lui rend visite, après son coup de foudre pour Juliette. Le message est reçu cinq sur cinq.

– Je suis désolé, Emma, dit-il.

– Mais non, tu ne l'es pas, Erwan. Et tu n'as aucune raison de l'être ! Ce que je constate, tout de même, c'est que tu es plus rapide encore que Roméo. Je devrais t'appeler « Alfa Roméo » !

– Ah, ah, ah ! Très drôle, Emma !

45

Le temps a filé. Nous voilà à quinze jours de la représentation, et les jeunes comédiens attaquent la scène du cimetière : la dernière scène de l'acte V, la plus tragique de la pièce. Pourtant, côté tragique, le spectateur a déjà été servi, toute la boîte de mouchoirs y est déjà passée ! C'est dans cette scène que Roméo, de retour à Vérone, apprend la mort de sa bien-aimée et se suicide sur sa tombe en absorbant du poison ; puis que Juliette, en se réveillant de son long sommeil, découvre le cadavre de Roméo et se donne la mort à son tour.

À l'acte II, lorsqu'il avait appris l'amour de Roméo et de Juliette, frère Laurent avait espéré que leur mariage favoriserait la réconciliation des Montaigu et des Capulet. C'est finalement la mort des deux jeunes gens qui la rendra possible, hélas !

Avant d'entrer sur scène, Emma a pris soin de vérifier que le poignard qu'elle doit s'enfoncer dans le cœur est bien un accessoire de théâtre, rétractable, et non un authentique poignard qu'on lui aurait substitué : depuis qu'Ambre Delannoy multiplie les allusions douteuses à une éventuelle maladie ou à un accident bête qui pourraient priver Emma du rôle de Juliette, elle est devenue complètement paranoïaque !

Apparemment, Ambre n'a toujours pas renoncé à interpréter Juliette. Quelle opiniâtreté ! Du coup, Emma redouble de vigilance : elle ne veut en aucun cas glisser sur une « peau de banane » que sa rivale aurait placée sur son chemin. Elle ne supporterait pas de mourir comme Cyrano : « tué dans une embûche, par-derrière, par un laquais, d'un coup de bûche. » Non, pas si près du but !

Depuis plusieurs semaines, Emma est en permanence sur le qui-vive : dans la rue, elle évite les chiens qui seraient capables de lui sauter à la gorge, les pots de fleurs susceptibles de tomber des balcons et les voitures qui pourraient lui foncer dessus ; dans les transports en commun, elle s'écarte des malades ; à la cantine, elle attend que les autres aient commencé à manger pour attaquer son plat ; et quand elle descend un escalier au lycée, c'est toujours en se tenant à la rampe, des fois qu'on la pousserait. Océane ne manque pas de se moquer d'elle.

– Ambre est prête à tout pour avoir le rôle ! insiste Emma.

– Quand même pas à tuer sa rivale !

– Peut-être pas la tuer, mais…

Les professeurs ont réservé une surprise à leurs élèves : à la fin de la répétition, quelques parents font irruption dans la salle : en tête, le papa de Louis, menuisier, et la maman de Morgane, illustratrice, portent un élément du décor qu'ils ont réalisé. Il s'agit de la façade de la maison des Capulet avec le fameux balcon. Les autres parents poussent des portants à roulettes sur lesquels sont accrochés une grande partie des costumes des comédiens. Juliette découvre sa robe. Elle est magnifique !

Chacun essaye son costume. On s'active autour des élèves pour prévoir d'éventuelles retouches. C'est lors de l'essayage qu'Ambre a l'idée de son plan machiavélique : si la robe de Juliette disparaît après la répétition générale,

Emma ne pourra pas jouer car elles n'ont pas la même corpulence : elle ne rentrera jamais dans la robe prévue pour Ambre, même avec des retouches (en tant que doublure d'Emma, Ambre a également une robe).

Mais pour que la pièce, malgré ces changements de dernière minute, soit sauvée, il faudrait que les autres doublures connaissent leur rôle sur le bout des doigts. Quelques jours avant le spectacle, elle n'aura qu'à dire aux profs qu'elle se sent mal – elle pourra invoquer une intoxication alimentaire – et qu'elle n'est pas sûre de pouvoir jouer frère Laurent lors de la représentation. On demandera à Louis de se tenir prêt…

Enfin, on n'en est pas encore là. Pour l'heure, Ambre se contente d'alimenter la paranoïa de sa rivale.

Emma ne s'explique pas une telle attitude. Pourquoi tant de haine ? Lui en veut-elle toujours autant d'avoir été choisie pour le rôle de Juliette ou y a-t-il autre chose ? Cela peut paraître bien prétentieux de sa part, mais elle se demande si Ambre ne la déteste pas… parce qu'elle est devenue plus « populaire » qu'elle, tout au moins dans la troupe. Elle écrit dans son journal : « Je fais de l'ombre à Ambre. »

46

Vendredi 28 mai. C'est le grand soir ! Après des mois de répétition, la troupe du club théâtre va enfin donner *Roméo et Juliette* devant les élèves du lycée et leurs parents. La salle est pleine. Les comédiens attendent dans les coulisses, mi-impatients, mi-anxieux, que les trois coups soient frappés. Derrière le rideau, Emma jette un œil dans le public : au troisième rang, elle aperçoit sa mère qui se tortille sur sa chaise, elle semble plus stressée qu'elle ! À sa gauche est assis Tom. Elle est contente qu'il soit venu, que le malentendu qui les a trop longtemps éloignés l'un de l'autre soit enfin dissipé. Et surtout, qu'il ait pris sur lui pour accepter sa relation avec Quentin. Ce soir, elle veut épater son amoureux. Elle veut tout donner pour lui ! Elle a aussi une pensée pour son père. Elle aurait tellement aimé qu'il soit là. Il aurait été fier de voir sa fille dans le rôle de Juliette et heureux de la trouver si épanouie.

Enfin, il ne faut pas vendre la peau de l'ours avant de l'avoir tué. Lors de la générale, la veille, elle a sauté un long passage de la scène du balcon, et il a fallu tout l'aplomb et tout le talent d'Erwan pour aller au bout. Pourvu que ce soir, elle ne lui joue pas le même tour !

Ses professeurs se veulent rassurants :

– Tout va bien se passer, Emma, lui dit Mme Renard. D'ailleurs, tu sais ce qu'on dit : quand la générale est ratée, c'est que la première sera réussie...

– « Cette matinée apporte avec elle une paix sinistre, le soleil se voile la face de douleur. Partons pour causer encore de ces tristes choses. Il y aura des graciés et des punis. Car jamais aventure ne fut plus douloureuse que celle de Juliette et de son Roméo. »

C'est sur ces mots que le prince Escalus, interprété par Kamel, conclut la pièce, dans un silence de mort. Un long silence. Quand le rideau se ferme enfin, les comédiens ont droit à un tonnerre d'applaudissements. Sans doute le public ne s'attendait-il pas à une prestation d'un tel niveau venant d'une troupe d'amateurs ; une troupe dirigée par des enseignants passionnés de théâtre, certes, mais qui n'ont pas été formés à la mise en scène… Les noms d'Erwan et d'Emma sont sur toutes les lèvres. Ils ont été exceptionnels !

Après plusieurs rappels et une séance photos improvisée, Céline Doucet, Tom et Quentin s'approchent d'Emma pour la congratuler.

– Tu as été formidable ! lui dit sa mère, les yeux embués de larmes. Et tu es belle comme un cœur !

La pièce est l'une des plus lacrymales qu'elle connaisse, mais elle ne doute pas qu'elle ait largement contribué à faire couler les larmes de sa mère.

– Je ne sais pas quoi te dire, Emma ! articule Quentin. Je n'ai pas les mots.

– Ben, cherche quand même, gros paresseux. C'est un peu facile !

– Non, vraiment, tu m'as bluffé. Je t'ai trouvée fabuleuse. Tous les comédiens, d'ailleurs.

Quant à son frère, les compliments, ce n'est pas son truc.

– Il est pas mal, le prince Escalus, se contente-t-il de lui dire. Tu me le présenteras ?

Emma ne s'en formalise pas. D'ailleurs, c'est le signe qu'il va mieux : son *coming out* a eu du bon.

Les yeux d'Emma tombent alors sur Ambre, qui discute avec ses parents, un peu plus loin. Elle a l'air contente. Finalement, se dit Emma, elle s'est inquiétée pour rien. Toutes ses menaces, c'était du flan !

En fait, si Ambre n'a pas mis son projet à exécution, c'est parce que Louis ne s'en sortait pas dans le rôle de frère Laurent. À quoi bon récupérer le rôle de Juliette si c'était pour ruiner la pièce ? Et puis, son plan ne tenait pas la route. Après coup, elle ne regrette pas que les choses se soient passées ainsi. Elle s'est trouvée excellente. Emma aussi, elle doit le reconnaître. Il aurait fallu qu'elle sorte le grand jeu pour être à la hauteur de sa rivale !

Emma s'approche d'elle.

– Je sais que tu ne m'apprécies pas des masses, Ambre, mais je t'ai trouvée géniale dans le rôle de frère Laurent.

– Merci, c'est gentil.

À sa grande surprise, Ambre lui retourne le compliment.

– Toi aussi, tu as été bonne, Emma. Peut-être même meilleure que je ne l'aurais été.

Oh, là, là… Frère Laurent, sors de ce corps ! Ambre se trouve toute chose, d'un coup. Ça lui fait drôle de faire un compliment.

Quand la salle se vide et que les comédiens se retrouvent entre eux pour fêter leur prestation autour d'un verre de jus de fruits, Mme Bidault entraîne Emma à l'écart.

– L'année prochaine, lui dit-elle, nous envisageons de donner *Cyrano de Bergerac.* Maintenant que nous disposons d'un beau balcon, il faut l'utiliser !

– C'est chouette, mais pourquoi vous me parlez de ça ?

– Parce que nous voudrions vous confier le rôle…

– De Cyrano ? la coupe Emma.

Elle est tellement habituée à ce qu'on la compare à Cyrano qu'elle n'a pas envisagé un instant qu'on puisse lui proposer un autre rôle.

– Non ! Le rôle de Roxane, bien sûr ! Nous vous avons vue à l'œuvre dans la scène du balcon, et nous savons maintenant que sur un escabeau, vous n'êtes pas sujette au vertige. C'est pourquoi nous avons pensé à vous pour le rôle.

Emma la regarde bouche bée.

– Je plaisante, Emma. Je suis sûre que vous ferez une Roxane aussi remarquable que la Juliette que vous venez d'interpréter !

Emma se met à penser tout haut :

– Deux balcons, deux jeunes filles follement amoureuses, deux destins tragiques... Juliette et Roxane ont des tas de points communs. Et en même temps, elles ont des personnalités très différentes : l'une est spontanée, l'autre est sophistiquée. Et puis, à la mort de leur amant, l'une se suicide, l'autre se retire dans un couvent... Je me sens plus proche de Juliette, mais Roxane est également un très beau personnage !

Une question la titille.

– Vous ne ferez pas passer d'audition ? demande-t-elle à sa prof.

– Si, bien sûr. Mais je ne doute pas que vous serez la meilleure...

– Puissiez-vous... avoir du nez !

N° d'édition : J21109

Achevé d'imprimer en avril 2021

par Rotolito en Italie

Dépôt légal : mai 2021

Certifié PEFC
Ce produit est issu de forêt gérées durablement et de sources contrôlées
www.pefc.it
PEFC
PEFC/18-31-103

Les Éditions Fleurus utilisent des papiers composés de fibres naturelles, renouvelables, recyclables et fabriquées à partir de bois issus de forêts qui adoptent un système d'aménagement durable. En outre, les Éditions Fleurus attendent de leurs fournisseurs de papier qu'ils s'inscrivent dans une démarche de certification environnementale reconnue.